Reed Tune

蘆葦草之曲

《獸與祭典》

四流——著

Content

目次

序章　追逐平凡的悠然生活

一個充滿喜悅的故事的開頭，會有充滿戲劇張力的動作描寫；一個悲傷故事的開頭，總是一場滂沱大雨。而這次的開頭，只是一個少年慵懶地在老舊的商店裡打盹。

午後，陽光從大小不一的隙縫中照入，探索著屋內飄恍的灰塵，一如往常，釣具店裡的平靜與泰戈村裡的光景相互照映著，質樸而緩慢。

厚實的腳步聲踏響了整個釣具店，「歡迎光臨。」少年一個懶腰喊道。

進屋的是個熟悉的身影，一頭鋼刷般的灰白短髮，上頭總是帶著墨綠、像是掛著海藻似的。

「漁婆子，又要去湖裡釣魚嗎？怎麼是這個時間，妳一早沒跟著邁爾叔叔他們一夥人一起去啊？」少年道。

「林根老闆今天不在，妳如果要蚯蚓妳自己多倒一點去，反正我看這店早晚是要倒了。」少年輕蔑地說，手指著地上一堆的木箱子，一箱裝滿蠟黃的蟲、一箱則是蓋滿黑泥，一條條血絲般的紅蚯蚓不時探出頭來。

漁婆發了個愣直盯著少年的領口，少年見著這他稱之漁婆子的中年婦人背上背了個竹簍，裡頭好幾條魚尾巴擠了出來，發覺她此行意不在買餌料、釣具。

少年調整一下領口，坐正了起來，收起巴不得倒店的輕蔑語氣問道：「時候到了對吧？」

「是阿。」漁婆回道，簡潔的兩字在老木屋裡撞了兩下，撞進了少年耳裡。這回應倒不讓少年感到意外，只覺有一點感傷，明明場景依然在這灰黑色調的店內，卻令少年打起了個滄海桑田的孤寂冷顫。

「目標是什麼啊？不會也是四角羌吧。」少年應聲，語落腦海想起了更有可能的目標理應是水裡游的。

「是角蟒，西邊沼澤裡的，捕魚捕了這麼段時間，比起陸地上追趕跑跳，還是這水上的適合我。」漁婆道出了與少年想法一致的生物。漁婆本來就不擅長追獵陸上的生物，更別說她現在已經快到五十歲年紀。

大多數的人在漁婆這個年紀早已經放棄了遠行，這個年紀才決心踏上歸途的人相當罕見。漁婆自幼一個人照顧著體弱多病的弟弟，四十幾年的時間同白駒過隙，直到上個月弟弟病逝後，漁婆才終於得以無憂地遠行。

「來，這條魚給你今晚加菜。」漁婆子自身後大簍子裡拉出一條銀藍色的大鮭魚，登地一聲拍到了櫃檯上。

少年對這魚視若無睹，繼續追問著「角蟒阿，怎麼想都覺得噁心，要是你運氣好，接下來你就得一直一直一直泡在那沼澤裡，還得餐餐吞著大蛤蟆，一想到全身得一直黏答答，嘴裡嚼著蛤蟆的粗皮，我就覺得倒胃口阿。」

「哈哈哈哈。」漁婆颯爽地笑道：「癩蝦蟆什麼的是不會吃的，角蟒這體型最少也得吞隻鹿阿哈哈。」

語畢，漁婆走出了店門，留下少年獨自杵著頭思索著角蟒的體型，以及名稱上這個角字，是代表著怎樣的一個模樣。

泰戈村，一個老年人人口比例極低的村落，其實遑論泰戈村，在這片大陸上，絕大多數的村鎮也都鮮少能看到披著蒼蒼白髮的老人家，要是有，大多數也都杵著拐杖、不是缺臂斷腿的必然是瞎了隻眼。

村子東南邊倚靠著大海，雖說是鄰近著大海但村中漁獲大多來自西邊的大湖裡，鄰靠著大海的區域是陡峭的岩壁，由於高度落差太過懸殊，鮮少有人願意冒著危險攀下去打撈漁獲。

西北邊接著眾多村落，泰戈村是這片大陸位居最為東南的人類村落，人口約莫七百人，新生兒出生、中年踏上征途，憑靠著這樣的消長調停著人口。然這趟征途並非人與人的爭鬥，而更像狩獵，為求自己能在生命上得到萬獸靈的恩賜，進而昇華。

人類聚落以西及以北區域，百年來從未被開化過，更沒有一張詳盡的地圖能告訴眾人這西邊與北邊是怎樣的一個世界。無論是聽著老者傳述、抑或親眼所見，所有人知道的定律就是，在這聚落外的區域不論高山、河流、沼澤、沙漠或是一片森林，裡頭都有著一個獸主。遠行的目標很簡單，殺了獸主的人，將取代獸主，即可永生不滅，並統御其獸群。

距離泰戈村數十公里之外的主城白城佇立在人類部落與獸域的邊界上，鄰近的數個獸域百年來根據記載已被攻克七個，最著名的也就是最靠近人類部落的藍狼森。辨認獸域裡為哪種獸主統御相當容易，在這區域裡出現了一群不在知識範圍的異獸，這就是他們的地盤。然獸主與獸群外觀並無不同，唯一不同的就是，殺了小嘍囉其屍體不腐滅，並泛著微弱的白光；殺了獸主，發光的則不是屍體，而是下手者，據說會有一道光柱從天而降照耀著下手的人，最後下手者與獸主融為一體，成為新獸主。

簡而言之，找到長得怪異的野獸，殺了頭頭，即得永生。然而最險峻的，往往不是野獸的蠻橫。

＊＊＊

「所以你爸過幾年也想出去了嗎？」黑髮少年問，

「沒意外的話再三年吧。」褐髮少年答。

「真搞不懂到底為什麼要做這些沒意義的事。」黑髮少年道。

「我們還年輕，不知道歲月追上來時的恐懼，我叔叔是這樣說的。」長髮少女道，金色的髮絲被風撥弄得凌亂。

湖面上噠噠噠綻出三個漣漪，緊接又一道石影射出，噠噠噠噠噠。

「五個！！」黑髮少年驚呼，遊戲規則是先在靜思湖上打出五個水漂的人，可以吃掉最後一個藍老鼠果。

名為薄霧・瑞爾的黑髮少年一個前滾翻，用著浮誇的動作取走了竹籃裡的藍老鼠果，沒有等到大家都同意水漂最後一下的掙扎輕點水面究竟算不算第五下，便張開一口皓齒咬起藍老鼠果。

「吃就吃有必要前滾翻嗎？」名為鐵礦・查德的褐髮青年一臉清淡說道。查德身形高挑卻瘦弱，比起鐵礦這個姓氏，更適合麥稈或是蘆葦草。

自古以來，除了萬獸靈以外，人們亦相信自然萬物皆有其神靈，於是希望透過姓氏與選定的自然之物建立連結，藉此獲取神靈庇護。然姓氏雖為代代相傳，但因家族不合、特殊際遇各種理由而選擇創立新姓氏的人亦不少見。

「剛剛最後一下是水花噴到而已吧，根本沒有飛起來。」白楠木・妮娜輕撫自己的長髮，一臉睿智。

「最好是，剛剛明明就有一起數一二三四五，明明都看到有五個！」瑞爾大聲反駁，嘴中飛濺出數滴藍色汁液，妮娜一個閃躲後怒目回瞪。

「妳覺得有嗎？」妮娜轉身向年紀最小的湖泊・莉莉絲問道，莉莉絲頂著一頭散亂的褐色捲髮，身材嬌小卻相當豐腴。呆坐在湖邊的大腐木上的她，活像一顆肥滿的大蘑菇。

「嗯……」莉莉絲眼神閃爍，試著讓視線繞出一個曲線，逃開妮娜的眼神望向瑞爾。莉莉絲鮮少跟自己同年齡層朋友一起玩，比起在近郊的活動，更喜歡瑞爾拎著她跟大家一起到遠一點的地方釣魚、探險。

「看瑞爾幹嘛，看我。」妮娜慣用命令式的堅定語氣，莉莉絲試著不看瑞爾，轉而將眼神拋向查德，卻發現查德根本沒在理會他們的對話。

「這麼明顯，明明就有五個，還要逼莉莉絲說謊。」瑞爾滿嘴藍汁，甩弄著掛在嘴角的藍老鼠果根，像吞食著老鼠的貓。

「反正都吃掉了，準備收一收回去吧。」查德道。

妮娜自己也深知天色開始晚了於是沒有再次爭論，只是撿了幾塊石頭又打了幾次水飄。有沒有吃到藍老鼠果並不是妮娜在意的事，她就只是單純不服氣自己沒能贏得水漂的這場仗。

「去找我哥哥吧。」莉莉絲跳下腐木，一個踉蹌差點滾下進湖裡，查德就像早料到了一般擋在前頭一把抓住了她。

靜思湖的湖面在夕陽的照射下從原本的青綠色轉成一片艷紅，湖岸的另一畔幾隻成鹿遠眺著瑞爾一行四人，在莉莉絲興奮地揮舞雙手打招呼之際，鹿群嚇得躲進了森林。

「預備，跑！」瑞爾一聲令下，四個人拔起了腿、邁開大步奔進樹林。

並非又一時興起弄了個賽跑競技，僅僅只是以訓練為目的，四人透過在林間裡急奔，鍛鍊著自己的體能與靈活度。與白城的傳統相同，泰戈村未滿十四歲的孩童無須分擔正式工作，除了固定時間要在村裡的講堂裡學習一些書面知識以外，大多數的時間都是在林間、湖邊等處嬉戲。傳統的價值觀之下，體能、靈活度與力量被視為優秀的象徵，十到十四歲的孩童每年冬天都會參加「體之祭」，一種考驗各方面的身體機能的大型競賽祭典，然十四歲以上的人，則在每年夏天參加「戰之祭」，另一種結合了戰術、陷阱、武器與體能的競賽祭典。

四個人棕兔般的身影在林間穿梭，最後頭的莉莉絲雖顯緩慢但也只是稍微喘氣大聲了點，絲毫沒有疲態。莉莉絲的哥哥湖泊・岡札雷斯今年已經十六歲，在村莊通往靜思湖路上的一間釣具店工作著。

「哥哥哥哥哥哥哥哥哥。」豐腴的小蘑菇人未到聲先到，一串長音南蛇似的竄進釣具店。

「等一下！」岡札雷斯搬著個大木箱，透過窗戶對著屋外的人影大喊。

「要幫忙嗎？」查德鬼影般的突然從窗口探出頭來，背後三個人影在夕陽下用著木棒與石塊玩耍。

「沒關係，今天下午很閒，我很早就開始收了。」

「今天邁爾叔叔他們不在？」

「他們一大早就出發去遠山湖了，應該會去七八天。」岡札雷斯搬完最後一個木箱。

「抓什麼的工作？」

「抓巨螯蝦，白城那邊最近好像有什麼慶典，訂了一百隻左右的巨螯蝦。」

「巨螯蝦！我想吃！」妮娜從另一邊的窗戶探出頭，夕陽的紅黃光線照入陰暗的屋內，左右窗各卡著一顆頭的景色讓岡札雷斯不自覺笑了一下。

光與影、方窗與圓形的人頭，以大門為中心、左右對稱地恰到好處，就像泰戈村數十年來的生活一般和諧。

「邁爾叔叔他們時間夠的話會多抓個二十隻，應該大家都有機會吃到啦。」

「邁爾叔叔帶隊出動，多抓個五十隻都有可能啊，雖然他是爛人，但真的是專家啊！」瑞爾湊上前來，破壞了畫面。

「好想吃啊！」莉莉絲出了聲，但高度不夠，頭探不進屋內。

泰戈村因地理位置關係，西面的山區有著大大小小數個湖，整個村莊的人群以漁獵技術聞名，小至溪蝦溪魚、大至沼澤巨鱷都是經常出現在漁獵單上的目標。村裡孩童雖沒有正式參與過漁獵工作，但因從小耳濡目染、又長時間在森林與河床間嬉戲的緣由，也都善於製作漁筌陷阱抑或是憑藉著一根尖棍攫獲優游著的大青魚。

除了泰戈村與主城白城以外，還有大大小小數個村落，有著最精粹鐵鑄工法的十勝鎮、善於林間追蹤狩獵的生奴村，每個村鎮運用著自己鄰近的自然資源發展出了自己的技術，長年以來透過金幣、或以物易物的方式來進行交易，溫飽了腹囊，然後鍛鍊著自己等待自己的時刻來臨。

夜幕低垂之際，五個人一齊沿著村庄的石牆蹬著、走著，各自帶著對於明天探險路線的提案想法，溫吞吞地蹭回了已燃起爐火的家。

＊＊＊

遠處。陰暗的森林裡，一團橘紅色的光交疊著幾個黑影，四個狼狽的身形圍繞在篝火旁，一片寂靜，僅有篝火上串著的野味油滋滋作響著。一個體型較為瘦小一些的男人，右手正壓著右小腿源源不絕滲出的血，一邊用著虛弱的力道吃著肉。

「還能活著就好了……」受傷的男子低語呢喃。

「想家了嗎？哈哈。」留著大鬍子的男子有著粗獷的口音。

「嗯。」受傷的男子低頭繼續壓著傷口。

「盧登哥你想家嗎？」另一個矮小的男子問道。

「每一次出門，不都是要帶著捨棄一切的決心嗎？每一次認真告別後出發，都以為自己已經能斬斷一切、不再想家，結果每一次走到了盡頭，不得不踏上回程的情況發生時，才發現到自己心跳開始加速，內心的喜悅突然像湧泉一樣，灌注全身。」火光與黑影輪流在盧登的臉上跳著舞，距離村莊只剩最後一天的路程，盧登舉起皮革酒袋，乾了最後一口酒說道：「我們到底在幹什麼？其實我也不知道，明明不想離開家人，但又覺得不去探索這一切就白活了，呵。」

「這是我們的天性啊。」受傷男子道。

「敬天性！」一直替大夥烤著野味的女子舉起兔肉串。

「敬天性！」瘦小的男子也舉起自己吃到一半的兔肉。

「敬這他媽的自相矛盾的天性！」

第一章　改變生活的最新情報

夜幕仍在森林裡低語，天色尚浸在一片藍青色之際，石牆旁邊的小石塊已經被一對輕快的步伐踢飛了起來，石塊在空中躍起、翻滾，墜跌地面時看著自己另一個朋友被踢飛了起來。

「今天想去靜思湖另一邊，找昨天看到的鹿先生。」莉莉絲腳尖對準了下一顆石塊。

「昨天去過了，瑞爾應該不會想再去吧。」岡札雷斯跟在莉莉絲後頭，手裡的竹籃提著做為點心一些果實。

「瑞爾會答應啦，昨天他也有說想去湖的另一邊。」

「嗯，是喔，你們要從哪一邊去，繞松樹林道那一邊嗎？」

「嗯嗯，應該是。」

「那你們到湖對面之後，如果有時間，可以過去小沼澤那一塊幫我找找看樹上有沒有溜溜黃蟲的新巢穴，有的話多帶一點回來，我再跟林根老闆換一些獎賞給你們。」

「喔喔喔！好啊！」莉莉絲相當振奮，林根是釣具店的擁有者，經常委託大家做一些餌蟲或是釣具木料的收集任務，孩童們往往都能從林根手上換到點心或零花錢。

中飯的概念對這裡人們似乎不存在，從能跑跳開始，孩童便追逐起哥哥姐姐們的身影，跟著一起在森林中探索，簡單攜帶一些糧食，學會在森林裡採集花果、獵捕魚獸果腹；成年人的工作室與販售商品的店面基本上跟自身的住家都有著一定的距離，彷彿利用距離感宣示著工作不該成為生活主軸、不該讓它有機會汙染了住家中的那一份愜意。人們習慣了一天只有早晚兩餐的日子，但對於額外的點心與餐點毫不排斥，甚至視為額外的獎賞，於是乎攜著一些食物，去熟識的店家購物以換取一些優惠的現象並不罕見。

大部分的情況之下，大夥待在自己家裡只有假日與夜晚，就像是有著一種默契，一起同心協力地將對家庭了依賴感降到最低。

「我今天有準備這個。」查德從鹿革包裡拿出一條長棍麵包。

「喔。」大夥相當冷淡。

太陽剛翻過山頭，將身軀掛上樹梢歇息時，孩童們的探險會議已在擺滿朝食的餐桌上展開。大夥一早總是在瑞爾家集結，薄霧家族在泰戈村裡有著一定分量，瑞爾家的成員有爺爺薄霧．泰米爾以外還有瑞爾的小姑姑。

薄霧家在地方上的聲望，是由泰米爾爺爺年輕時創造的戰功所堆積而起的，泰米爾爺爺從成年之後，一共踏上了九次征途，每一次都是到了無法再前進的最終關頭才放棄踏上歸途。

下定決心遠走獵獸的人，會先到白城的獸史殿裡作紀錄，隊伍眾人的資料、目標與路線規劃被獸史官記載後，便可出發。約莫七成的人踏上獵獸之途後就再也沒能回到家鄉。而在窮途末路之下選擇放棄、踏上歸途的那三成人，若能帶回重要情報與戰利品信物、則能被獸史殿記載而受人讚揚。

泰米爾爺爺九次征途都帶回了一定的情報量，其中一次還帶回了「擲石猿」領地的重大情報，將自己的大名列進了獸史殿的歷史文庫裡。直到在最後一次的征途中，泰米爾爺爺右肩胛骨被猛獸狠狠咬碎，整條右臂再也無法活動自如，他才意會到了自己已經失去了萬獸靈的庇護，黯淡地退下前線。

「你們今天決定好要去哪裡？」瑞爾的小姑姑右手拄著拐杖，靈巧地用著左手幫莉莉絲倒著黃綠色的蔬果汁。

瑞爾的小姑姑薄霧．珍薇一出生雙腳就有著嚴重畸形，右腳膝蓋以下的部位發育不全，用來站立的左腳腳掌也有著一小段扭曲。被視為「無獸靈庇護之子」的孩童沒辦法跟著一般孩童一起在林間奔逐、訓練體能，於是轉而被要求要學習知識與專業技藝，十歲以前接受一般孩童十倍以上的書本教育，最後一樣在十四歲的時候依循自己意志選擇工作。

「要去靜思湖對岸，我們會去幫林根先生抓溜溜黃蟲，如果時間夠的話，有可能會釣個魚再回來。」瑞爾嚼著混著藍老鼠果汁液的沉默樹樹皮，看似粗糙的搭配其實口感清脆香甜且富含大量營養。

瑞爾的父母在七年前前往北方的生奴村工作的途中失去了音信，但比起雙親，一直以來瑞爾都更加喜愛自己的小姑姑，一方面是因為認為不會踏上征途的珍薇會一直留在自己身邊，一方面是欽佩珍薇在測量圖學領域的成就。

「嗯，注意安全喔。」珍薇輕柔地叮嚀著。一般的成人對於孩童們成群結隊到外頭探險一整天的事情相當放心，甚至將這視為是孩童的義務與責任，但對於珍薇而言，外頭的林道獸徑跟她之間總像隔著一層薄霧似的，總覺得掀開霧簾就會看見各式凶險。

「今天沒有叫我們不要帶太多魚回來喔？」妮娜賊兮兮笑著，上週大夥在尼斯川的中游處設置了好幾個漁荃陷阱，由於正處魚群活躍的夏季，四個人一口氣背了兩大籠的魚回來，還刻意平擺在餐桌，讓工作結束回到家的珍薇差一點沒被滿桌的魚腥味薰死。

「沒關係啊，反正桌子也已經變這個味道了。」珍薇用手指輕點散發著淡淡異味的餐桌，然後在送個孩子們一個親和力十足的微笑後，轉身回去進行自己的工作準備。

隨後目送了岡札雷斯進釣具店工作後，四人拎著釣具奔向湖口。

＊＊＊

在樹梢歇夠了的太陽，終於卯起幹勁攀到最高點，為自己最喜愛的夏季施展著高溫魔法。烈日之下，泰戈村的邊境四個人形從虛幻的蜃影緩步而出。

「到了。」受傷的男子坐在馬上，用力挺起腰桿輕輕一笑，這是他一整周以來最真心的一次笑容。

「又回來了，哈哈哈哈哈哈。」盧登拉著一匹棕色的馬，與盧登充滿元氣的笑聲相反，棕馬樣似精疲力盡。

起初專注在工作上的人們沒人察覺四人，直到走得夠近了，聽見盧登中氣十足的笑聲時，才突然揚起了一片喧嘩。

「哦？盧登？」一群正在幫鐵匠鋪翻新屋頂的匠人呼喊了一聲。

「又夾著尾巴回來了喔？」三個匠人中的其中一人攀下了梯子。

「哈哈，夾你媽啦，想批判我你還早啦，我這次帶了好東西回來。」語未落，眾人湊上前來盧登急忙接著說：「先趕快幫我找羅里奇過來。」

望見後頭虛弱的男子，三個匠人沒有再多說廢話，放下了工具便往另一個方向跑去。

「先到馬林的店面那邊。」隊伍中的女子道。即便受傷男子的右腿在昨夜成功止了血，但一早醒來時傷口已經開始流起黃膿，直到踏入泰戈村前，受傷男子意識都恍惚著。

「傷口已經清理好、縫起來了。感染剛開始而已，沒很嚴重，過幾天就沒事了。」羅里奇醫生拖著綑在鐵護具上的左腳，蹣跚地走出屋外對著躺在草地上曬著太陽的盧登繼續說著：「傷口是你縫的嗎？」

「嗯。」盧登看著藍天。

「縫得有夠爛。」

「哈哈，有比這裡這條爛嗎？」盧登拍了拍自己的右側腹。

盧登與羅里奇是同樣來自沙塵家族，兩人從同一天出生開始，就有著截然不同的命運，盧登天生身強體壯而羅里奇則患有下肢肌肉萎縮的奇怪毛病。在十四歲那天時，羅里奇已經讀遍了村里醫學的相關書籍，而盧登則是踏遍了泰戈村外方圓十里的每個角落。盧登尚未開始自己的征途之前，兩人一直在村裡扮演著不良於行的村醫與他不修邊幅的助手。

「爛兩百倍左右。」羅里奇醫生也看著天。

盧登這趟征途一行四人向西，一路往遠山的西邊而去，按照計畫是先在遠山湖的漁人小屋整頓，然後向西南方的四角羌森林而去。四角羌的森林領地沿著遠山挹注而下的河流一路延伸，約莫近三十公里的長度內都曾有目擊情報，由於四角羌有著靈活的身軀、領地又範圍廣闊，被譽為「悠活之獸主」，近十年來駐紮在其領地之中的獵獸者為所有獸域之最。

泰戈村到遠山湖的單程約為兩天，遠山湖再到四角羌森林則需近十天路程，盧登此次從出發到回村，時間只有短短一個月出頭，等同是在到達四角羌森林不久便已經遭遇到些什麼。

「呵。」

「這次遇到了什麼？」

「第八個新獸主。」

＊＊＊

「啊！我找到了。」妮娜站在大腐木上，指著面前的千層樹喊道。

溜溜黃蟲是一種手指粗細大小、特喜愛潮濕的環境的黃色蟲子，由於小沼澤的周遭千層樹叢生，故常可在千層樹的老化樹皮下發現大量的溜溜黃蟲群聚。溜溜黃蟲有很重的特殊氣味，用在釣魚或是漁獲陷阱效果相當好，在野外受困的情況下也被視為營養價值極高的食物，前提是要能忍受嚴重蟲腥味。

「好喔，妳稍微過去一點。」查德湊上來將妮娜擠到一旁。

「不要這麼過來啦，我快被你擠下去了！」妮娜一腳踏在旁邊濕滑的大石頭上，搖搖欲墜的模樣逗得莉莉絲露著白齒呆笑著。

「妳不想自己動手抓那就讓開，長這麼胖擋在那邊是要查德怎麼挖？」瑞爾講話時，頭完全沒有抬起，持續專注在尋找著樹上不尋常的坑洞。

「明明就還有位置，我在這邊幫查德提盒子啊，然後你說誰胖？誰？」一陣殺氣竄出。

「妳。」鏗鏘一聲，殺氣撞上了一堵牆。

妮娜一把拿走了查德提在手上的木盒，木盒裡裝著好幾塊濕潤的千層樹皮，讓被捕獲的溜溜黃蟲安穩地待著。妮娜礙於面子不願意當一個沒貢獻的隊員，但因對於肥大的蟲子有著強烈的厭惡感，於是在尋獲溜溜黃蟲群聚的巢穴後，為查德提著木箱子已是她的最大容忍極限。

「莉莉絲妳是不是還沒有吃過溜溜黃蟲？」查德用兩指抓著一隻肥蟲，晃過妮娜面前時差點被她賞了一拳。

「嗯嗯，還沒。」

「要吃吃看嗎？」查德問道，手上的肥蟲像理解了人類語言，得知自己的命運後突然激烈抖動了起來。

「千萬不要想不開！」妮娜大喊，不知何時她已經跳到了五步距離遠的另一棵樹。蜷曲在木盒底層的蟲跟現在查德手上那蠕動著的惡魔帶給妮娜的驚恐完全是兩回子事。

「好吃嗎？」莉莉絲像貓頭鷹一樣歪著頭。

「不好吃。」瑞爾笑道。

「史上最噁心。」妮娜怒道。

「我覺得還不錯。」查德冷道。

查德語句初落，便換來其他兩人白眼一瞪，即便是不懼怕蟲子的瑞爾都不能認可查德的味覺。查德喜歡的食物有兩種，毫無味道的食物與有噁心食感、一般人難以接受的食物。三人在還是莉莉絲這個年紀，在每周兩天的講堂課中被帶到外頭去辨認常見可食用植物時，當大家吃了豬腸蕨葉被噁心的黏滑口感與腥臭味嗆倒在地時，查德一個人默默地又摘了兩片嚼了起來。

所有人張大雙眼，像是要用眼皮將查德吞噬般瞪著查德，但他只是拿著捲成腸子狀的淡灰色葉子說道：「這個甜甜的很好吃啊。」
那是第一次查德發現到惡意與鄙視原來可以實體化，變成一道道直襲人類的衝擊波。
「頭很硬，把頭咬掉再吃，不要咬太多次喔，越咬味道越重，這個是野外補充營養用的。」瑞爾接過妮娜手上的盒子。
「先等一下，先找一下有沒有長芋。」妮娜提議。長芋的莖用刀子橫切開後富含水分，而且帶有清淡的甜味，可以用來壓抑吃完溜溜黃蟲後口中的腥騷味。
「來，啊～～」瑞爾捏著肥蟲，自己發出啊聲時嘴巴張得誇張大，同時居然還能繼續說著話：「嘴巴張開喔，先把頭咬掉。」
妮娜拿著小刀，一手抓著長芋的莖，戰戰兢兢地等候揮刀時機出現，彷如慢了一秒將長芋汁液灌注進莉莉絲嘴裡就會招致死亡。莉莉絲刻意撐開嘴唇露出前排門牙，隨著溜溜黃蟲軟嫩的身軀不斷地靠近，門牙越是顯得銳利無比。
然後喀地一聲，蟲頭被咬下後吐了出來。「痾！」一聲喉音從莉莉絲傳出，她豐腴的臉瞬間皺成了一顆乾癟馬鈴薯，任憑沒了頭的蟲在面前進行死亡前的最後掙扎。
「痾！好臭！」莉莉絲用力一揮，將瑞爾手上的蟲打飛，黃蟲的頭在地上看著自己身軀慢動作般地在空中翻騰了幾圈，為自己死亡前還遭到唾棄的蟲生懊悔。最終啪地一聲，溜溜黃蟲在查德面前的石頭上碎成一灘黃色黏液。
「啊！！！這種東西誰要吃！」莉莉絲拉開她的童音大叫，尖銳聲響瞬間刺醒了半座森林。

「哈哈哈哈哈哈哈哈哈哈哈哈哈哈，沒辦法，如果以後出去的話，在外面有看到這個還是要吃啊，這個營養成分很多唷！」瑞爾。

「可是溜溜黃蟲不是煮湯比較好嗎？」莉莉絲接下妮娜的長芋莖，像吸著花蜜的白粉蝶。

「什麼？」瑞爾歪著頭。

「上禮拜講堂卡露比老師講的啊，跟長芋的莖還有長芋一起煮，可以整個化掉臭味，比較好入口。」

「有這種事，不是說可以喝長芋莖的汁液化掉臭味而已嗎？」瑞爾頭更歪了。

「是可以，但是要當營養補充食品吃的時候，還是用煮的比較好啊，你們是不是都沒聽課。」莉莉絲講完頭仰起了約二十度左右，突然覺得自己終於有些事情是領先這幾個大哥哥大姊姊的，內心得意了起來。

「他們兩個應該睡著了沒聽到，的確有說是用煮湯的。」查德道。

「……。」瑞爾不語。

「……。」妮娜也不語，但默默地舉高了拳頭。

「今年體之祭的確定時間什麼時候會公布？」瑞爾問道。

正午時分，氣溫依然有些燥熱的初秋，四人在小沼澤旁的草地上躺著，裝著溜溜黃蟲的木盒被隨意丟置在太陽下，讓懼怕高溫的蟲子更努力往底層深處鑽去。

「再三天就會公布，但是消息從白城那邊帶回來，應該是四天後會知道。」妮娜摸著肚子道，雖然已摘食了幾顆果實，但還是覺得能再吃點東西，她望著查德背包突出的長棍麵包，默默地搖了搖頭。

大夥並不討厭只有麥味的麵包，而是查德喜歡將麵包放到發硬走味。「放三天的長棍麵包最好吃喔。」查德如是說。

「反正就只是那七天裡面其中一天而已，哪一天也沒很重要吧，而且追獵項目不是只占三分之一的分數嗎？」莉莉絲道，體之祭對八歲的她而言還太遙遠。

「是只有占三分之一沒錯，但是前十名的五項體能分數通常都不會差距太大，所以常常都是得靠追獵項目來分高下。」妮娜用手指梳著一頭金髮，挑了挑上頭的草屑後接著說：「今年追獵項目是鹿，想到就覺得煩。」

「我們最後一年才會是水獺啊，好久啊。」瑞爾對著天空舉起了雙手，左手右手交替向上劃著，努力著想游上天空。

追獵項目每年替換一次，對應著十到十四的參加歲數限制，五種項目循環，分別是翱翔的鷹、警戒的鹿、奔馳的羚、迅捷的狐狸與隱密的水獺。

對於善於漁獵的泰戈村而言，追獵水獺的年度被孩童們視為重要的一年，從小開始訓練出來的游泳技巧，劃開了一道其他村莊的孩童難以輕易追上的鴻溝。然而冬季時節的冰冷河水，更讓不黯水性的參與者困乏。

「就算是追獵項目是水獺你也不會贏，基本的體能就輸人家一大截了。」妮娜。

「是這樣說沒錯啊，但重點就也不是想要贏，而是水獺追獵不能輸人家啊，其他項目差人家再多都無所謂，如果沒在水獺追獵中狠狠把其他地方的人甩在後面的話，會被村莊裡面的人瞧不起一整年的。」瑞爾想起自己十歲第一次參加訓練那年，鷹的追獵項目進行時，自己還傻傻地望著天空的群鷹不知所措之際，比自己年長的哥哥姐姐卻靈巧地拋擲著絆繩，對於能代表泰戈村出賽的兩個成員有著無比的憧憬，直到他們在魯達鎮代表面前輸得一敗塗地。

看著他們的拋擲的動作，彷彿看見了他們在故鄉大草原上奔逐的姿態，那是整日泡在湖水、河床中的自己難以效法的境界。代表泰戈村出賽的孩童如是說。

「嗯，這倒是真的，絕對不能在這個項目輸掉，我不想被那個人嘲笑。」妮娜。

「同意。」查德跟瑞爾同時附和。

「最討厭被他笑了。」連八歲的莉莉絲都應聲，只要提到不想被誰嘲笑，所有人都立刻產生共鳴。

秋風輕輕撫過樹梢，樹林一齊晃動著，四人仰望著的天空突然浮現出了一張粗獷的男性臉孔。

「哈哈哈哈哈哈哈，你連這個都不會啊！！！！」邁爾的笑臉掛在天上對著四人嘲諷道。

＊＊＊

銀鮭．邁爾一行人抵達漁人小屋時，絢麗的火紅色已快被暗藍色蠻橫地壓進地平線裡。七個人六匹馬，拉著裝著糧食、漁獵用具、漁貨空箱的三台馬車，趕在入夜前抵達小屋之時，除了所有人鬆了一口氣，就連馬匹都甩動厚實的兩片唇、長吐了一口氣。

「嘿嘿，我就說可以拚吧？」妮娜的叔叔，白楠木．穆爾德冷不防從後頭拍了邁爾一掌。

邁爾文風不動、用他熊一般的背吸收了拍擊的力道後回應：「反正如果沒有在天黑前趕到，就只是睡在外面而已，山腰那一段路就也沒什麼危險，還要多花一次紮營的時間就是了」

「你偶爾讚美一下別人的能力是會死是不是？你這發育過度的小毛孩。」穆爾德回嗆道，邁爾雖然有著四十歲的粗獷男人面孔，實質上是七個人當中年紀最輕的。

「嗯，會死。」十八歲開始就被村莊小孩喊叔叔的邁爾冷冷回應道。今年的他才二十七歲。

「尊重一下，好歹我也是在外面待了一整年，路程判斷跟天氣的預測的能力比你高兩階。」穆爾德繼續嗆著，其他幾個人自顧自的整理著自己的裝備，絲毫不在意這兩人無聊的鬥嘴。

「嗯，這一點我真的比不上。」邁爾一臉慚愧，讓穆爾德突然傻了半晌。「如果是我，才不會在外面待了一整年還獵不到獸主，不說我還以為你是去靜思湖採果實時迷路迷了一年呢。」

「講得這麼行，還不趕快滾出去獵獸主，東西拿著明天直接繞過湖，去把四角羌獸主打下來啊。」穆爾德往邁爾懷裡塞了一支短魚矛。

「這樣是也可以，反正穆爾德你很會抓巨螯蝦，一百隻絕對沒問題啊。噎！拜託！我們小時候幾個人最崇拜的就是你了，每次你要出來抓東西，我們幾個小毛孩都多想偷偷躲進箱子裡面跟你一起去啊！」

「閉嘴你這個小王八蛋。」穆爾德搶走邁爾舞弄著的短魚矛。

邁爾小時候與幾個玩伴的確相當崇拜穆爾德，總是期待著穆爾德來講堂協助授課，跟著他一齊到湖邊，看他示範如何利用魚蝦習性設置陷阱。這樣的崇拜持續了五六年，直到有一天邁爾發現他能直接潛到湖底捕魚，不再需要用陷阱慢慢等待。

眾人用預留的柴生了火，在搖曳的火影下，繼續整理著木箱裡的用具。漁人小屋一共有三小棟，作為寢區、儲物間與燻製漁獲三種用途，即便泰戈村的漁人們定時都有在修繕整頓，小屋屋頂仍穿了好幾個孔，但眾人並不在意，在儲物小屋架起了火爐後就吃喝了起來。

深山裡頭燃起了一圈火光，引起了幾隻鹿的興趣，牠們伸著脖子、怯怯地往前探了幾步，隨後被一陣歡笑聲給驚嚇，四腳齊蹬往後奔回了黑暗之中，逃離了漁人們歡騰的夜晚。

＊＊＊

啪搭一聲，湖水湧起，邁爾的頭破開水花而出。

「一樣下面那一洞嗎？」克里斯對著水面上的人頭問道。

「對，先給我兩個籃子就好，現在下面泥沙堆積的有點多，沒有之前那麼多空隙，這邊先弄好我等等再從那一邊樹下找找，看看那邊有沒有大石頭。」邁爾語氣相當和緩，絲毫看不出雙腳正努力划著水。

巨螯蝦的捕獲方式與一般蝦子一樣，是使用蝦籠陷阱引誘牠們鑽進入口探索，然後利用漏斗般、易進難出的造型阻擋蝦子逃脫。但巨螯蝦的體型是一般蝦子的三倍，又擁有可以剪斷竹藤製品的巨螯，所以捕獲用的蝦籠陷阱是較為巨大的鐵製籠，然巨螯蝦捕獲難度高的原因來自於牠們天生的警戒心，隨意放置的蝦籠很容易引起牠們的疑心，於是乎潛入水中布置陷阱需要更長的時間，沒有優異的體能很難成功。

啪搭一聲，克里斯拋下了兩個鐵籃，隨後轉身繼續為整理著小水池的夥伴遞送工具。比起擔心邁爾安危，大夥更在意小水池的底部鋪設的木板不夠牢固，放置的巨螯蝦會鑽洞逃回湖中。

「還在弄喔？」森林的遠處傳來穆爾德的聲音，從遠處看到湖岸上還有好幾個鐵籃子的他，等不及走近便大聲問道，抓到討厭的人小辮子似地洋洋得意。

「嗯，剛剛才又下去而已。」

「還是我先回去參加我兒子的婚禮再回來幫他收籃子？」穆爾德道，他的兒子今年兩歲。穆爾德十年前離開了泰戈村，整整一年的遊獵生活中沒有突破與重大發現，自覺得不到萬獸靈的庇護後回村，原先不願成立家庭的他放棄了外頭未知的挑戰，在村莊定了下來。

在正值壯年時期的四十多歲裡便打消了踏上征途念頭的人相當罕見，對於那一年的經歷穆爾德不願多談，即便備受批判、被視為退怯者他也不在乎。

午時來臨時，晴陽照射之下的湖面波光粼粼，一葉輕舟推開了載浮載沉的紅葉們，隨後一張大網鋪天蓋地撒來，水面滿是漣漪。在大夥清理完水池、開始準備捕一些鮭魚之際，邁爾才剛拉著最後一個籃子又躍進湖裡。

「等一下拿網子把邁爾網起來吧，反正蝦籠都布置好了，等等就不需要他了。」克里斯看著繫在網上的繩子慢慢下沉，突然提議。

「不太好吧？」莫塔理性地說著。

「對啊，不好吧，萬一他把網子弄破怎麼辦？網子很可憐。」穆爾德是認真擔憂著網子，善於製作陷阱的他唯獨對修補漁網相當不拿手，鐵製品、木製品等堅硬的物質他總能得心應手地加工，唯獨繩狀物到了他手上就像變成黏稠的液體一般，對他的雙手進行各種糾纏。

「要跟抓沼鱷一樣吧，先打他腦袋。」莫塔理性地說著。

「等他起來，克里斯網他，我拿槳砸他的頭。放心我會很快很準的，不會讓他感受到太多痛苦。」穆爾德左手拿槳用槳面拍打著自己右手掌心，躍躍欲試。

「然後我們把他吊在樹上，等晚上再放他下來吃飯。」克里斯。

「小屋有另一條粗繩，要吊上去的話要換一下繩子，現在這條撐不住他的體重。」莫塔理性地說著。

大夥一邊認真著策劃著一邊認真收著網子，直到漁舟上塞了好幾籠魚後，漁舟停在了邁爾潛水的區域上。豔陽下的漣漪一波波逐漸淡去，從散亂的漫射光逐漸恢復成照著天際的一面明鏡。

湖畔上兩隻松鼠躍下了樹，望見不遠處的漁舟上兩個站立著的人影，一個舉著槳、一個抓著網，兩鼠的動物本能感受到了無形的肅殺之氣，握緊手上的松果僵在了原地。

水底一個黑影浮出，穆爾德將全身的氣灌注進了握緊了的船槳、克里斯手中的魚網拋出、網上的鐵墜像蜂鳥群般拉著網子向湖面刺去，激起一陣混亂聲響！

午後，大樹之下幾個人正在處理著剛捕獲的鮭魚，一團團暗紅色的內臟被掏了出來，分進了料理的鍋裡與骯髒的木箱之中，鮭魚開腸破肚後尾巴被綁上了麻繩，一條條吊了起來。一陣強風颳來，吊著的鮭魚旋轉了起來、樹上吊著的人也旋轉了起來。

「是要吊多久？」樹上的克里斯問。

「等我兒子婚禮辦完再放你下來。」穆爾德擦拭著臉上濺到的魚內臟。

「你媽的，等我下去我一定把你切塊煙燻，放在我家地窖等你兒子婚禮再端出來宴客。」克里斯抖動了幾下後放棄掙扎，他相當明白綑在手上的這些繩結有多難掙扎，於是轉而繼續咒罵：「不是只有我一個人決定要弄邁爾的，為什麼只有我被吊在這裡？」

「因為你是第一個提議的啊，不懲罰第一個起頭的就好，難道要把全部人綁起來，我自己一個人弄這些嗎？」邁爾從用來做餌料的髒木箱中掏了一坨內臟，丟向了克里斯。

「要不是有一個拿槳的沒用到連你這麼大一顆人頭都打不到，我會被吊在這裡？」克里斯怒目斜視著邁爾。

「我從水裡就看到你們一群人站得直直的要偷襲我，你們下次稍微掩飾一下好嗎？站這麼直腰不會痠嗎？啊……！」

「閉嘴。」克里斯在邁爾啊出聲音時試圖打斷他。

「站這麼直痠不痠我是不知道了，我只知道這個動作一定很痠。」邁爾將雙手背在背後，模仿著克里斯被吊起來的姿態。

「我現在是在跟你討論痠不痠的問題嗎？」

「呵。」邁爾敷衍道。

「等我們鮭魚處理完就會放你下來了，下午開始要疊石頭，讓你吊在那邊不用搬石頭是不可能的，一個人差不多要搬七塊左右才夠用，少你一個我們一人就要多搬一塊。」莫塔煮著魚內臟湯，香味飄上了樹，讓克里斯飢餓難耐。

「呵。」邁爾繼續訕笑著，又換來了克里斯一陣咒罵。

用魚內臟湯簡單填了肚子後，眾人從遠山湖的支流河床上，敲下了十幾大塊的砂頁岩花費了一整個下午才搬到了河邊。勤奮與嬉鬧之間，漁獲捕獲作業都相當順遂，直到隔天早上的作業開始後，才慢慢出現了變化。

早上，將石塊綁上繩子後，放置在橫置於兩條漁舟間的木棍上，用漁舟載運到了湖上後牽著繩子投入水中，再交由水中的邁爾與克里斯將石塊置下。為了利於下一次捕獵巨螯蝦，穆爾德選了一塊湖岸鄰近一座小丘陵的區域，在湖底利用岩石堆疊出一塊充滿縫隙方型區域。

「來了喔！」穆爾德用木棍將石頭撬上漁舟，漁舟與湖岸有著一段高低差，石頭沉甸甸地翻滾了半圈後便滾上了漁舟間的木棍。

莫塔從漁舟側邊微調著石頭位置，防止石頭掉落，隨後她注意到了木材的狀況道：「木材換一下比較好喔，最側邊的兩根已經裂了。」

穆爾德湊了上前，用手指撥開了樹皮看了看：「沒關係啦，剩兩塊而已，還要再砍兩根下來很浪費時間。」

「嗯，那走囉。」尚恩跟莫塔各持著一支船槳，流暢地操作著兩條漁舟前進，直到十秒之後出現了一聲俐落的撕裂聲，木材斷裂、石頭墜跌進了水裡，激起一條白柱。

「嘿，就說了吧。」尚恩笑道，但其實自己方才也認為木材的裂痕沒有影響。

「沒差啦，少一塊就算了。」穆爾德道，眾人隨意地點頭附議。

秋日之下，遠山湖的湖水湛藍見底，兩條漁舟划過的黑影一次次地驚擾著底下停滯著的魚群。上頭七人的談話聲、嬉鬧聲被湖水給阻絕，湖底的世界是一片寂靜，水草靜靜地隨著水波搖擺、蝦群靜靜地等候著獵物到來、墜入湖底的大石也靜靜地壓在另一塊斷裂的砂頁岩之上。

而在斷裂成兩半的砂頁岩之下，一個漆黑的大洞露出了半張大口。

＊＊＊

方形的木造建築裡，刻意用木板圍出了一個圓形的講堂空間，孩子們圍成一個半圓正對著講師的位子。

「所以說在雨季的時候，搭設棚架時要避開河床地，在高地進行架設。」卡露比一手捧著自己的筆記本，從自己的椅子上悠然起身，緩步走了起來。「好，然後這邊我們複習一下適合用來搭設屋頂的樹種，請薄霧家的小英雄回答我。」

「南方地區棕櫚葉比較好取得，往北一點則是扁柏類型的葉種比較適合。」瑞爾回應道，卡露比提出的問題相當基本，儘管自己總是在講堂上發呆打盹，也能輕易地回應。

「嗯嗯，基本上連著樹幹、樹莖，葉片茂密的樹種都適合搭設庇護所，先鎖定這些纖維長的樹種會比較節省時間也較耐用。你們應該都有在外面自己搭過一些棚架過了吧？」卡露比語氣相當溫柔，備受孩童們愛戴。

「有喔！我們蓋了自己的祕密小屋，在月亮山丘那邊的樹林。」九歲的亞瑟回應道。

「有祕密小屋這件事應該不適合跟大家說吧。」卡露比用筆記稍稍遮住自己的嘴巴笑了一聲，從她的角度剛好看到亞瑟發言時，與他同一群的玩伴在亞瑟背後翻了一個大白眼。

孩童們八歲前接受語言、算數等基本教育，八歲後則再加上學習狩獵、求生技能的相關知識。卡露比心裡明白，各種專業術語、林朗滿目的樹名、果實名對於八九歲的孩童而言太過艱澀，但自己小時也是在同樣年紀，就開始跟著比自己年長的哥哥姐姐們聽著課，起初充滿疑惑，但隨著年紀逐漸增長，在野外不斷摸索時，腦中刻劃上的名詞與知識自動跟眼前的實物配成了對，最後拼湊成一塊完整的拼圖。於是乎卡露比相信自己只要降低詞彙難易度，儘量使用簡單易懂的描述，就能幫到眼前這群孩子們。

「那下一次的講課時間，我們在小溪那邊的活動區域上，在那之前大家先在那邊蓋好自己的野外庇護所怎麼樣？基本就可以三個人坐著休息的空間就可以了！」

「自己選位置嗎？」妮娜問道。

「嗯嗯，在我們講堂的使用區域內都可以。」卡露比望著圍繞著她坐成圈的孩子們，十二十三歲的孩童們顯然對於搭設庇護所不感興趣，相較之下八九歲的孩童們眼睛則閃閃發亮著。

野外庇護所的搭建對於南方區域的探索相當重要，濕熱多雨的的森林中，一場暴雨可能會持續數個小時，若在沒建物、洞穴的掩護之下，長時間暴露在冷雨之下會引發各種疾病。但對於孩童們而言，現在上的課程就像是教育著他們如何搭設祕密小屋。

「為什麼不直接在外面蓋大大的那種房子？」亞瑟。

「因為外面的世界非常非常的大喔，光是一片藍狼森就跟白城差不多大了，如果住在這麼遠的地方很難跟其他地方聯絡。」卡露比摸了摸亞瑟的頭接著說：「而且我們並不需要這麼多的居住區域唷，現在我們光是在泰戈村裡頭耕作、在附近的區域狩獵就已經可以維持生活了。」

瑞爾舉起了手，在卡露比示意下發言：「但是不是很多區域都有蓋據點站嗎？我爺爺說擲石猿谷附近的山頂跟山腳都有據點站。」

「嗯嗯沒錯，尤其是在獸域裡頭，基本上都有蓋據點站。但從頭說起，主要還是距離太遠，例如從泰戈村到遠山湖，不管速度再快基本上都一定要兩天的路程，所以有一個晚上一定需要野外宿營，學會搭設庇護所是很重要的。」

「那為什麼不要一天的路程距離就蓋一座房子？」亞瑟搶著發問。

「因為距離太遠，如果每一段距離都蓋一棟木屋，要耗費很多很多的金錢跟人力喔，比起以前現在的據點站的確變多了，往返其他地方方便很多，但是要每一段路線都蓋滿是不可能的喔。」卡露比耐心十足。

「所以就是因為世界太大了嗎？」亞瑟。

「是的，這個世界還有好大一片是我們未曾探索過的！」

「嗯嗯嗯！」亞瑟點頭如搗蒜，眼睛發亮。

＊＊＊

白城，並不是因建築物的顏色而得名，而是傳說在數百年前，白城所在的區域布滿白灰色的白霧松，根據書籍記載白霧松的樹皮為白色，但葉片則是與一般的松樹無異的綠色，但在春季時樹葉會產生一層白蠟，用來阻絕昆蟲產卵，直到夏季的雨季來臨才返回綠色。由於白霧松擁有良好的防蟲效果，在人類大肆擴張領土時遭到大量砍伐，時至今日白霧松森林已滅了跡，成了徒留虛名的「白城」。

「春之雪森」的絕景最終只留在泛黃的書頁之上。

距離上一次到訪白城，不過是一個月前的事，熟悉的石磚路上已經蓋上了一層紅葉，楓樹下的一家麵包坊的木製門牌，依然跟一個月前一樣半邊脫了釘，被風吹得咚咚作響。盧登一行人抵達白城之際，日已近晚，一些店家都已做完了整頓、準備熄燈關店，但白城對比其他村鎮，是一座熱鬧且便利的城市，旅店與酒館林立，為往來的旅客提供著平時沒有的夜生活。

以主城白城為主，大小村鎮合計一共有十七個，居住人口不滿一千人的部落為村、一千人以上未滿五千的為鎮，而五千人以上則為城。白城是唯一突破五千人口的大城市，其擁有的人口數為八萬三千人。

「果然還是老木箱酒館的黑啤酒最對味哈哈哈哈！」羅里奇大喝了一口，上唇滿是泡沫。

「你本來就可以搬到白城住，享受這種熱鬧的生活吧？是你自己不要的。」搭話的是與盧登一起同行、受傷男子奇斯的弟弟馬修。

老木箱酒吧裡除了坐在吧檯的盧登三人外，還有兩個披著鹿皮的人坐在角落的桌子。羅里奇一眼就認出那兩人的裝扮是生奴村的人，一進酒吧便禮貌性地打了聲招呼。

「我也想啊，但是我一個人用這雙腿要來白城討生活的話實在太困難，如果真的要開間小醫院的話還需要個助手才行，可是我一直等不到盧登缺眼斷腿的時候。」

「哈哈哈哈哈，應該再過一段時間就會稱你意了吧，畢竟我肚子這邊已經爛掉了啊。」盧登掀起破布般的上衣，露出肚子上醜陋的舊疤痕回應。

「那再多喝兩口酒吧，喝完等等肚子爛掉就可以準備來開診所了。」羅里奇大聲調侃，趁機抓了盧登的酒喝了一大口。

長年追捕的獸主，已經被其他人給獵去，從歸來至今盧登心裡一直沉甸甸地，心中注滿悲愴的情緒，直到如今羅里奇滿嘴泡沫的笑顏映在眼前，他才認為自己是該振作了。每一次離別，盧登總是將目光投注在孩子稚嫩的臉龐上，卻未曾察覺時光也在羅里奇臉上植上了灰鬍渣、畫上了皺紋。盧登的妻子在五年前喪命在了荒野之中，留下了一男一女兩個孩子，在外頭這樣來來回回了好幾年，每一次身處險境都覺得已到盡頭，但總能頑強地活了下來，厚著臉皮回來接受，已託付給了羅里奇的兩個孩子的擁抱，也因為手足給予的後援，自己得以毫無顧慮地追逐那在森林之中昇華抑或長眠的未來。

「是真的可以準備了。」盧登人生中第一次認為自己該停下腳步了。

「哦？真的假的？」

「嗯……？好像真的可以停了。」盧登停了幾秒後說道，說完之後突然感到一陣暢快，長久以來野馬般奔馳著的自己，沒有察覺停下腳步是如此的容易。

「嗯？認真的嗎？」馬修。

「每一次跟不同的夥伴搭檔出去，身邊的人不是傷亡了、就是退怯了，只留下自己，原以為自己就是受庇護的那個人，直到現在追了這麼久的四角羌被獵走了，才知道自己也沒什麼特別的。更何況實在也不知道下個目標要改成什麼。」

「再試一次吧，換一個目標再試最後一次就好，說不定你會在不同的目標上，有了不同的體悟！」

「呵，角蟒嗎？我最討厭沼澤了。」

「時間還長，你慢慢考慮，對了，要不要過去跟生奴的人打聲招呼？」羅里奇道，昏暗的酒吧裡，三人坐在最亮的吧檯處，隱約感受到從角落不斷有關注的目光投注而來。

生奴人的特徵是一身毛皮大衣，眼角下方有利用顫抖草的樹液紋上的墨綠色獸爪紋；泰戈村民出外則是常穿著淺褐色的魚皮衣，與各種魚皮、蛇皮腕部配件。兩個村落雖各據於最南與最北兩端，但雙方在白城際遇時、生奴人帶著的獵犬常被魚皮衣物特殊的氣味給吸引，泰戈村民遭到獵犬騷擾的事件層出不窮，長年下來一次次調解著紛爭，最終演變成了兩村的人會在酒館相遇時一同喝酒的禮儀。

「沙塵．盧登，這是我弟弟羅里奇跟豔陽．馬修。」盧登兩手各一杯生啤酒，問候完後便擱上桌推到生奴村的兩人面前。

「月光．米倫、，這是我老公道卡斯。」名叫米倫的女人介紹著，右腳正輕推著桌底下一團褐色的生物，一隻獵犬被擋在米倫腳的後方，正緊盯著盧登看。兩人約莫五十歲，比盧登一行人年長許多。

「來白城送貨物嗎？」米倫接下盧登的啤酒。

「不是，我們傍晚剛到，明天早上要去獸史殿。」羅里奇應聲。

「有什麼重要的情報？」道卡斯看著不良於行的羅里奇，明白三人此行不會是做遠行前的登錄。

「這件事對你們生奴的人而言可能不是個好消息，一個多月前，我跟幾個夥伴、還有這傢伙的哥哥一起去獵四角羌去了。」

「由於運氣很好，沿路沒遇到麻煩事，我們四個人剛從遠山的林道下到我們村蓋的小屋時，才花了九天而已。原以為終於可以休息一下，但我們還沒進木屋就先聞到了不妙的味道，木屋裡面有一具已經被野獸吃得差不多的屍體，整間充滿了蠅蟲，完全已經不是可以休息的地方了。」

「是你們村子裡的人嗎？」米倫。

「不是，樣貌完全認不出來了，衣著也很難分辨，看起來應該是鹿革製品，不知道會不會是你們村子裡的人。反正是誰就也不是重點，重點是那個人在木桌上刻下了一段話：『蘆葦草．多德搶走了我的四角羌，他曾是我朋友。』。」

「四角羌？」

「嗯嗯，四角羌。」馬修點了點頭。

「雖然屍體整個被撕得破碎，但從木屋裡面的擺設看來，這個人應該是受了重傷然後一個人撐到了這裡，大概是想等傷好了之後，再越過遠山回去吧，可惜傷口惡化得太快，最後就一個人死在裡頭了。」盧登娓娓道著，不知何時桌上已經被擺上了一大盤肉。

「一個人待在裏頭，連火都沒力氣升，傷口就這樣慢慢地潰爛，最後睡著就醒不來了，比起這種死法我還比較希望直接被熊一口咬死。」馬修講得像是身歷其境，同樣的故事大概已經從盧登口中聽過。

「啊如果是被熊咬一口結果還沒死的呢？」羅里奇笑得燦爛，伸手拉了盧登的衣服，露出腹部的一大條傷疤。

「被熊咬的？」米倫瞥見傷疤。

「對啊，十幾年前的事了。不重要啦，回歸正題，反正我們把人埋了之後，隔天就出發去找四角羌，想找一隻試試看是不是跟我們猜測的一樣，四角羌的獸主真的已經被人獵走了。我們第二天才獵了一頭，沒有發光，怕我們判斷失了準，我們還等到了晚上做確認，確定真的死了，就跟一般的死鹿沒兩樣。」

傳承至今的知識裡記載，非獸主的異獸在自己的獸域裡除了受到疾病與老化影響外，遭到其他種生物殺害也會「正常死亡」，唯獨在遭受到人類獵殺時，屍體將會發出微弱的白光，像是時間遭到凍結一般的姿態永保不化，直到獸主被獵殺取代之後，會復活一次，然後重新開始正常的生死循環。

於是乎為了取信獸史殿，發現者會帶回異獸的屍體做為證明。由於在獸域邊界將異獸引誘而出後進行獵殺，也能取得未發光的獸屍，最後須由獸史殿派人進行實地確認後，發現者才能獲得獸史殿的記載。

「麻煩，這消息傳回村裡，一定會有一波騷亂。」搔了搔灰色短髮，用腳制止了對著剛進酒吧的人低鳴著的獵犬。

「要不要來我們村子裡面研究一下划船打漁啊，可以改去釣角蟒喔。」盧登。

「跟四角羌森林那種大家都能去的地方比起來，角蟒那東西的沼澤，根本只有你們村子的人比較能去。」道卡斯。

「角蟒我們村子的人肯定是不太能對付，熊爪巨鷹也很難，只剩擲石猿還有一點點機會。」米倫喝了一口酒低頭思考了一下：「不對，擲石猿那鬼東西難打成這樣，三十年來都沒人打得下來，大概還要弄個幾年才有可能找到方法。」

「話說回來，最麻煩的可能不只是四角羌沒了這件事，最有問題的是四角羌都抓狂了。」

「多嚴重的程度？」

「原本四角羌看到人就躲，雖然數量很多，但是光聞到人的味道就已經不知道躲哪裡去了，現在整個像狼一樣，整團整團的看到人就撞上來。」盧登回憶起進森林之後的光景，兩手仍寒毛直豎。

四角羌個性溫馴且處在廣闊的領地，對比角蟒與擲石猿的強烈領地性，身處在四角羌森林之中的感覺與一般森林無異，盧登一行人僅帶著小獵刀跟製作陷阱的工具便悠然進了森林。甫踏入森林不到半小時，眾人便後悔了沒有帶上砍刀與獵弓。當四角羌群像郊狼般自草叢探出頭來時，眾人被無聲的壓迫感震懾在原地。四角羌原先輕盈膽怯的腳步不再，而是帶著試探與威脅的腳步慢慢逼近著。

「這是什……」未等奇斯語落，一隻雄羌越過前頭兩隻較小的四角羌，頂著頭上的四隻曲折長角往奇斯便是猛力一撞，奇斯往側邊一傾躲過了攻擊，還沒來得及做下個動作，四角羌一個甩頭，便把奇斯撞飛了起來。奇斯滾了兩圈、全身沾滿了泥葉，突然遭受一連串攻擊的他仍無法反應過來，眼睜睜看著三隻四角羌再次朝他衝了過來。

「這到底是什麼鬼？」盧登一把拉起了癱倒在泥坑裡的奇斯，用蠻力把他甩到了倒塌的腐木後頭，自己則繞到了樹後，趁著空檔爬上了樹。

「四角羌是這樣子的嗎？」奇斯從腐木後窺探著四角羌，察覺牠們雖停下了衝撞動作，但仍充滿敵意地不斷甩著頭、用鼻孔噴氣，其中一隻甚至伸長脖子開始鳴叫。

「不是，絕對不是。」盧登回應奇斯，奇斯是一行人中年紀最輕的，這是他第一次面對四角羌。盧登端詳著眼前的四角羌，雙方打過照面無數次，儘管現在四角羌充滿了敵意，他仍發覺四角羌的攻擊模式依然只是直線型的衝撞。「從側邊，砍脖子，不要從前面跟後面，小心牠們會踢人。」

「嘿嘿嘿嘿嘿看這邊啊白癡麋鹿。」奇斯用著木棍敲打著樹幹發出大量噪音，吸引了四角羌的目光。樹後的一男一女見狀，一個躍步各撲上了一隻四角羌，女子迅捷如兔，準確地撲上了羌身，一個順勢便將獵刀扎進了脖子。瘦小男子撲上前時四角羌警覺地轉動了身軀，男子在空中用手臂護住了自己的胸部與頭部，才護住了要害免受羌角直擊，男子在地上滾動了半圈，隨即利用獵刀砍向了四角羌的後腳，躺在地上跟四角羌纏鬥了起來。

「奇斯快跑！」最前頭的四角羌無視兩個夥伴遭受攻擊，朝著奇斯的方向撞了過去，盧登在樹上大喊。四角羌的步伐奇快，盧登才剛摸向腰際的獵刀，牠便已經奔到了奇斯的眼前。

奇斯起身想跑，卻因身上背著大量陷阱用具，一個吃重右腳癱軟而僵在原地，四角羌飛躍過了腐木，在空中用身軀直擊了奇斯的臉，吃了滿嘴羌毛的他一個踉蹌倒地，隨後又被四角羌的後腳趾狠狠地踩上了右小腿，頓時鮮血如注。

奇斯癱倒在腐木與泥地形成的夾角之中，頓時之間頭暈、腳痛加上身上竄進了好幾隻小蟲的搔癢，讓他腦袋一片空白。四角羌在前方揚起一陣沙葉後急煞轉身，再次朝向他而來。從夾角中看得見的視野相當狹隘，當四角羌躍進眼前時，原先被樹隙切成了塊狀的光線再一次被羌角給分割，瑣碎的殘光在奇斯臉上恍惚而過，忘記如何逃跑的他就只是盯著發呆，直到一道巨大的黑影遮蔽了所有光線。

「沒時間再發呆了，趕快站起來。」盧登用著背影對奇斯喊話，面前的四角羌不知何時已經倒在了地上。

奇斯扶著大樹幹爬了起來，其他兩人也合力解決了最後一隻四角羌。

「不太妙，這群小王八蛋剛剛應該是在呼喊同伴，不趕快走，等等整個聚過來就真的跑不掉了。你們兩個扶他一下，先走，我立刻跟上去。」盧登抽走奇斯背著的小斧頭，開始砍起四角羌的脖子，頓時鮮血四濺。

後來的夜裡酒酣耳熱之後，五個人改聊起了兒時瑣事，不再討論在四角羌新獸主誕生後，各個村鎮的生活會有怎樣的變化。老木箱酒館在夜裡逐漸變得擁擠，準備踏上新征途的人們高歌著、用啤酒洗滌工作疲倦的人歡笑著，在喧雜之中老酒保平靜地裝著啤酒，俐落的動作述說著自己已學會跟不便的腿腳和平共處。

白城，又名：「遠行者與停滯者之城」，有人帶著夢想匆匆而過、有人沒有夢想而安居於此。

＊＊＊

初秋，漁人把握著漁群最為肥美的時節努力獵捕、農戶們也忙著採收作物，而孩童們則為了村裡的體之祭參賽者的遴選加倍鍛鍊著。盧登回到泰戈村後過了五天，日子從在獸史殿上繳了四角羌的頭顱後趨於平靜，直到遲歸的巨螯蝦捕獵隊伍終於回到了村莊中。

當瑞爾四人從森林間看見捕獵隊伍的車隊時進入村莊時，蹦蹦跳跳地奔回村裡，準備向邁爾勒索一些甜頭。村莊裡七人成行的捕獵隊伍，只有五個人回村，馬車上除了滿載的漁獲外，還多了一只長木箱。

「穆爾德叔叔？」妮娜搶在前頭，雀躍地呼喊著穆爾德，認為下一秒就會換來穆爾德的擁抱，然後趁機索取多出來的巨螯蝦。

縱使馬車上滿是鮭魚螯蝦，一行人絲毫沒有散出豐收之喜悅，只是沉默。有別於盧登回村時的匆忙緊迫，邁爾一行人步伐顯得遲滯。

「先幫我把這個搬下來。」邁爾托著木箱的一側對著一個村民大叔道。

「這個是什麼？」大叔。

「克里斯。」邁爾道。

圍觀的群眾頓然無聲，眾人這時才將注意從滿載漁獲的馬車轉向了五個人黯淡了兩個色階的面容。村莊委員會的一員穿過幾個衣服髒濁的鐵匠對著邁爾問道：「遇到什麼事了？漁獲作業的意外還是野獸？」

「穆爾德叔叔呢？為什麼穆爾德叔叔不在？」妮娜蠻橫地鑽過人群，瑞爾跟查德緊跟在了後頭。

「他不會回來了。」莫塔回應道。

「那傢伙……」莫塔語初落尚恩搶著回應。

「尚恩！」邁爾大喊了一聲，隨即搖了搖頭，剎時的動作之間瑞爾看見了眾人瞥了妮娜一眼。

「邁爾叔叔你們在講什麼？到底怎麼了？」妮娜的質問像是丟進深谷的小石子般，得不到任何回應，直到捕獵隊伍將漁獲轉交給了其他人處理，各自回家之際，依然沒有人回應她的問題。

直到隔了兩週，村莊裡布告欄上張貼上了一張鵝黃色的特製防水紙製的、來自獸史殿的消息：「在遠山湖發現了至今沒被人發現的獸主「黑岩蟹」，而白楠木．穆爾德成為遠山湖的新獸主。」

第二章　淡忘情報的繁忙祭典

「所以今天獵鹿的練習是卡露比帶你們？」珍薇往瑞爾的包包塞了藍老鼠果跟幾顆桃子。

「還有盧登跟羅傑。」

「喔喔對唷，你昨天有說他們也會去幫忙。」

「其實不只是幫忙，比起卡露比老師，他們兩個參與四角羌的狩獵次數更多，這次練習用的鹿也是他們帶人一起去設陷阱抓回來的。」曙光初現的清晨，瑞爾坐在餐桌前玩弄著褲頭上露出的線頭：「比起去年的羚羊，今年鹿好多了，但是我覺得有點難哈哈。」

「今年跟去年不一樣了，你又多長一歲了，而且身體也比去年更結實了不是嗎？」

「但是鹿的狩獵真的很難學啊，一點點風吹草動，呼吸一下就被發現，好像牠們都長著十幾隻眼睛一樣。」

「嗯嗯，努力吧，明後天找個時間幫你量一下衣服尺寸，祭典要穿的衣服要改一下尺寸了，肩膀的寬度應該要稍微再放一點。」

「嗯嗯，謝謝珍薇姑姑。」瑞爾蹲在地上舒展著筋骨，儘管這年紀的他未曾有過筋痠腰痛的感受：「話說回來，我們村子的服飾真的蠻不適合穿去狩獵鹿，魚的味道太重了。」

「有嗎？已經穿了好幾年，沒什麼味道了吧？我們村的衣服本來就是適合穿來捕魚的，明年就能穿著上場了，你今年如果能夠獲選去白城參賽，我會再幫你準備一套適合在森林穿的衣服。」

「謝謝姑姑，我出門囉！」瑞爾鮭魚洄游般從地上彈起，一把抓起包包轉身想走，力道過猛差點將果實全甩了出來。

珍薇看著瑞爾充滿活力的背影露出了微笑，目送著他漸行漸遠的影子。

泰戈村今年體之祭的參賽者決選在十天之後，村、鎮規模的名額是兩人與三人，而白城則是十人，依照此分配比例，各村鎮用著自己別具特色的方式遴選著自己村落裡最為活躍的孩童。五項體能的競賽項目主要著重在心肺功能、爆發力與靈活度，透過長跑、盪繩跳躍、障礙跑、攀登與攀降，在五項體能的測試中大多村鎮沒有異同，唯獨在追獵項目、村莊自訂的特別測試上有著相當大的差異。

泰戈村近郊，老舊的木柵欄繞著杉木林圍出了一個圈，每隔幾步便有好幾根腐爛的柵欄被草草地拔棄在地上、然後新木片被胡亂的釘上做修補。每每看到柵欄被修補的像是自己六歲嘗試縫補的爛褲子，瑞爾就能明白泰戈村村民有多麼不重視林間、草原的狩獵訓練，瑞爾瞭解是因泰戈村的地理位置所致，自己也相當熱愛湖泊與河川，但再怎樣說，這樣的破爛釘補實在太過不堪。

由於訓練場地與瑞爾家是反方向，大夥沒有如往常一般在瑞爾家會合而是各自前往。瑞爾在往訓練場地的路上碰見了湖泊兩兄妹，跟屁蟲莉莉絲心不甘情不願地擺著一張臭臉，拉著岡札雷斯的衣袖往另一個方向走去，不忘回頭對著瑞爾吐舌頭。莉莉絲打從心裡覺得自己比同年齡層的孩童聰明一些，於是情願窩在釣具店發呆也不願與總掛著一條鼻涕的芭芭娜一起跑步。

隨著體之祭的迫近，孩童們身上的衣著開始有了些許的不同，最為明顯的變化莫過於雙手開始佩戴起了腕環。查德是三人中第一個戴起腕環的人，他的黑色蛇皮腕環彷彿將清晨的藍光全數吸收了一般，呈現出毫無光澤的深黑色，唯獨能看見的是上頭用烙鐵烙出的字體：「願承受冶鍊之艱辛以蛻變——鐵礦家族。」

「早啊，恭喜你又是新的一年最後一位到達的人。」妮娜笑得開懷，她並沒有配戴腕環，更沒有穿戴有家族紋樣的服飾，而是一如往常穿著染成藍色的短皮革，在氣溫逐漸下探的秋天，她的形影顯得單薄。

「不是吧，去年最後到的不是胖格倫嗎？」瑞爾留意到盧登一行人還忙著在做準備，沒有留意到他遲到，嘻皮笑臉繼續道：「我們訓練講解完他才來耶。」

「麥格倫去年早就十五歲了好嗎？他經過碰巧只是來看看而已。」妮娜回應。麥格倫因為體型胖碩，常被其他孩童笑道是胖格倫，不過他本人相當喜歡胖格倫的稱謂，將它視為好朋友對它的暱稱。

「哈哈哈，反正也還沒開始不是嗎？沒浪費到大家時間。」

村子裡的人從半個月前就開始架設陷阱捕獲公鹿，大夥折騰了好幾天才終於捕獲了七頭。如今盧登與羅傑正確認著獸欄裡鹿群的狀況，並在鹿屁股上用顏料塗畫著。在卡露比確定完人數之後，參加訓練的孩童們三三兩兩的坐在草地上，等待著下一個指令。卡露比用臉頰探測著空氣的濕度，山風帶著微微的濕度，清晨的霧氣早已散開，如今吹拂而來的是下雨的預兆。但狩獵本身就是與自然的一場搏鬥，即使是傾盆大雨，訓練行程也不會更動。

「喔喔來喔，全部聽我這邊喔，今年鹿的訓練也跟上一次鹿的訓練一樣喔，規則都一樣，現在聽我這邊分組喔。」盧登握著寫著名單的紙條大聲喊著，一旁卡露比與羅傑也竊笑著。。儘管大多數人都大致聽聞過狩獵的訓練方式，但這樣沒頭沒尾的解說還是讓稚嫩的孩童歪起了頭。

「不是吧，每次鹿的訓練都一樣啊，你們已經忘記訓練規則了喔？啊等等，四年前你們才這個高度而已耶！」盧登彎腰比著自己的膝蓋，幾個較年長孩童所組成的小團體翻起大白眼，恨不得趕快長大獲得一些成就，然後把年長者的嘲諷通通揉成一團球塞回他們嘴巴。

盧登還沒仰起身來，卡露比便從他背後三大步的距離逕自解說了起來：「等一下的規則就是，二十一個人會分成七組，每一組三人一個顏色，可以各自行動或是團體行動，自己決定，在杉木林裡找到屁股塗著自己組別顏色的鹿，然後確認鹿角上三條緞帶分別是什麼顏色，回來跟我們報告就可以了。」

「時間到日落為止，如果找不到就該回來了，不要讓我們等到日落還要去林子裡面找你們。」

羅傑一臉凶狠，比盧登年紀還要大一些的他，三年前放棄了追尋虛無飄渺、從未有人親眼見過的四角羌獸主，絲毫沒有斬獲地回到村莊，在靜思湖附近的小山蓋了棟房子當起了野味獵戶。

如同大家所預測的一般，總是窩在一塊的小團體被拆散開來，每隊的孩童年齡被平均分配，雖說狩獵訓練是以個人為主，但對於不會對自己造成強烈競爭壓力的弟弟妹妹們，年長方基本上還是會選擇帶著年幼方一起行動、教學相長。然而今天的瑞爾卻不這麼認為。

「瑞爾我們同一組耶！」薄霧．路克用力拽了瑞爾右肩一下，像是想直接用蠻力把他翻過來面向自己般，瑞爾脖子差點拉傷，沒好眼色的回瞪了路克。

「喔，但我們同一組只是鹿同一隻而已，這次訓練是個別行動的，不是組隊的意思。」瑞爾拉著右邊脖子的筋、側著頭說道。路克的爺爺跟瑞爾的爺爺是兄弟，簡而言之就是瑞爾的遠房堂弟，但瑞爾一家住在泰戈村西邊，路克家則在北邊，除了講堂以外的時間，平日可以說是沒有交集。

「可是卡露比說可以自己決定要不要團體行動，我可以跟在你後面嗎？我可以幫你一起找足跡喔！你知道嗎？我常會遇到生奴村來的人唷，我很常聽他們說四角羌的事！還有怎麼辨認鹿的足跡。」

「不要。」

「為什麼？我又不可能跟你競爭今年的村子的名額，我們體能差你們這麼多。啊！還是你是怕我體能太差拖累你，我會努力跟上的！我跟得上的。」

「不要。」

「為什麼？」

「因為鹿從一公里遠的地方就能聽到你問問題的聲音，吵死了。」瑞爾特地用大聲量回應路克，引起周遭眾人側目。「總之你愛幹嘛就幹嘛，不要干擾我就好。」

「所以我要應該幹嘛？」路克道。

瑞爾腦袋後仰向了天，翻了一個超大白眼，第一滴雨水降到了他的鼻頭，揭開了訓練的序章。

孩童三個三個一組站到了間距約有二十公尺的不同獸欄前，背向杉木林，整齊排好了隊，然後仰起了頭閉上了雙眼。盧登與羅傑駕著馬從左右兩側奔騰而來，側身一一拉開了柵欄上的木門閂，卡露比則拉開了正中央的門閂，五六秒不到的時間，所有柵欄門已然墜地，陽光照進被木板密封了一陣子的獸欄，公鹿群怯畏地探出了頭。

「開始唱！」講師三人同時發聲。所有孩子聽令，閉著眼睛仰起頭深吸了一口氣。

哈　喝　哈　喝　天無雲　漁人右手划槳　氣勢萬鈞
吼　嘿　吼　嘿　地無風　漁人左手擲叉　迅疾如雷
小鮭魚　莫出遊　今日暫且家中留
波光粼粼湖面上　漁人呼息如戰鼓

悠悠墨綠水底中　魚蟹無處可遁逃
勿鬆懈　且當心　今夜泰戈漁人大啖魚肉飲酒慶豐收
吼　嘿　哈

二十一名孩童同時唱誦著泰戈村的歌曲，原本警戒著的公鹿群在聽聞唱喝聲後，拔起蹄來奔向了樹林，歌曲的語音初落，所有孩童轉過身，拉緊肩上的背袋一個躍步跳過了木柵欄，落地的同時，雨絲也殞墜而下，趴搭趴搭地為訓練奏起前奏。

「好，現在這一邊我們還看得到足跡，等等往前是樹林，要留意有沒有折斷的樹枝，基本上我走前面追足跡，但是因為每一組距離有點近，鹿的行走路線有可能會重疊，所以你們跟在我後面時，也重複確認一次足跡，才比較能避免搞混。」妮娜走在小組的最前頭，後頭跟著白狼家的丹與艾克兩雙胞胎兄弟。

秋季的杉木林裡，雜草雖已開始枯萎，但仍十分繁密，草叢雖讓小隊步履維艱，但也因而讓公鹿走過的獸徑變得容易辨認。妮娜雖想邁開腳步追逐以拔得頭籌完成任務，但礙於對自己足跡追蹤能力自信不足，如今也只能仰望兩兄弟的四隻眼睛一起判別。杉木林的直徑約有兩公里，整體來說並不算太大，但最艱難的點在於，一旦從一開始便跟丟了目標，之後就算能找到新的足跡，也無法確認自己追蹤到的究竟是不是自己組的目標。妮娜看了看後頭的兩兄弟，兩兄弟雖只有十一歲，但個性穩重、且去年已經參與過羚羊追獵訓練，於是稍稍放了心，加快了腳步往樹叢裡鑽去。

雨勢時而猛如冷箭、時而細如晨霧，二十分鐘過後，森林裡已處處充滿水窪，瑞爾看著水窪裡映出的自己的臉孔，不禁懷疑著十年後的自己究竟有沒有辦法變成一流的獵人。

「瑞爾你是不是把鹿跟丟了？」路克從瑞爾背後探出了頭。

「你不要吵，我還在看。」

「雨是不是沒有要停的意思？」路克。

「沒意外的話這厚度的雲層可能會一路下到晚上。嗯……」瑞爾閉眼深吸了一大口氣，舒緩還有點痠疼的脖子道：「啊真的不行了，我找不到足跡了。」

「為什麼，剛剛一路找過來不是很順遂嗎？」路克不改愛提問句的個性。

「沒關係啦，我們剛剛跟在後面找也沒留意到有什麼不對，真的不行，往之前的地方再看一下，說不定會發現哪邊岔路跟錯邊了。」十二歲的紅杉．蕾西道，蕾西是胖格倫的妹妹，跟哥哥一樣有著好脾氣，倘若不是有她在同一個小組，瑞爾大概已經把路克丟在一旁，按照自己的步調追蹤去了。

瑞爾並不是個喜歡團體行動的人，除了珍薇與妮娜一行人外，對於跟其他人一起行動這件事完全提不起勁。孩童們都做好了父母隨時會向自己告別，然後奔向遠方的心理準備，但瑞爾的父母失去音訊時他僅僅只有六歲，也沒有機會好好告別，於是他心裡的某一塊被剝落了下來，認為除了一直陪在自己身邊的珍薇以外，每個人隨時會消逝。

「比較有可能是往這個方向走，但我不能確定。」瑞爾在對於自己從半路便早已跟丟了足跡的事情渾然不知的狀況下，領著其餘兩人繼續向森林裡邁進。

足跡追蹤道理相當簡單，但實行起來卻相當困難，孩童們能運用到的階段無非是藉由明顯的足跡、遭攀折的草木去追蹤。一流的獵人不會盲目地追趕，而是將臉貼伏在地面上觀察足跡附近地面上的灰塵狀況，利用反光找尋細微的差距，從不同的灰塵量與乾淨度中探尋著證據，再依據足跡間距大小判斷獵物心境與動作，以獵物的視角去判斷，哪裡會是最佳路徑。

「草食動物在被追趕時，會先選擇濃密的植被作為掩護路線來逃跑，所以我們可以先汰選掉右半邊的地區。」查德耐心地對著十歲的沙塵．蘭潔莉亞解說，雖然只有在講堂時見過幾次面，查德也知道蘭潔莉亞是個反應慢、有點笨拙的小女孩。

同一組的成員還有大查德一歲的球藻．艾德，但艾德打從一開始便打算自己追獵。擁有優異體能，去年因傷放棄了代表泰戈村出賽的機會，今年十四歲的艾德有著不能輸的鬥志。查德並不在意蘭潔莉亞被拋給了自己，反而因為自己帶著蘭潔莉亞讓艾德能自己去進行追獵而感到開心。對於今年十四歲的泰戈村孩童而言，最擅長的水獺追獵是在自己十歲最年幼的階段，往往只能看著年長的孩童們在白城的體之祭上發光發熱。可以的話查德希望艾德今年能成功代表泰戈村出賽，並獲得好成績。

「如果累了，我們先休息一下吧，基本上我們已經跟丟了，接下來也只能往比較可能的地方去找而已，說不定找到的都是別組的鹿。」

「嗯嗯……好。」蘭潔莉亞慢了一拍笑著回應，突然很慶幸自己與親和十足的查德一組。

「先在這裡吃一下東西吧。」查德溫柔地說道，確認著倒塌的朽木所形成的夾角能否遮蔽掉一些雨絲。今天的查德已經沒有了為自己奮戰的鬥志，可以的話他想當個稱職的小老師。他看著眼前的女孩，卻隱約覺得女孩的背後還有兩雙凶狠的眼神盯著自己看。沙塵．蘭潔莉亞——沙塵．羅里奇之女沒有留意查德的眼光，只是靜靜地拿出自己的餐點端詳了一下後吃了起來。

「話說鹿應該跳得過柵欄吧？」卡露比突然問道。

雨霧之下，三人在架起的棚子內升著火，喝著熱湯等待，熱氣在棚架中張牙舞爪，卻無法探進棚架外的冷雨半步，遠觀之下，三人像被困在了雨水囹圄之中。

「會喔，大概一半左右會直接跳出去吧。」羅傑喝了一口湯：「今天下雨，足跡一下就會被蓋過去，你說要小孩子們用他們的速度從一開始就緊追著鹿不放，根本不可能。」

「就算追丟了之後又找到新腳印，也很難從這麼多鹿的足跡中辨認，哪一個是哪一頭的好嗎？真正的重點大概就是放在，要從鹿群的習性去思考，牠們在這樣的情況下會往哪種地方而去，然後去那幾個地方找，如果運氣好鹿沒跑出柵欄，就還有機會。」盧登的鬍子上沾了一大堆草屑，其餘兩人完全不想提醒他。

「所以運氣不好的現在就是一直在找尋那已經不存在的鹿嗎？」卡露比問，其實她對於這訓練內容心知肚明，只是想弄些話題，化解一下自己跟兩個莽漢長達一段時間沒有對話的尷尬。

「就算鹿沒跳出去，他們大概也找不到，新生的小菜蟲可以學會怎麼吃菜葉就好，別妄想要吸花蜜了吧。我還真的不知道從架設好這一塊訓練場開始，到底有沒有孩童成功找到過鹿。」盧登。

「應該有吧？可能要去村莊圖書館查查看才知道，但是不知道就只是訓練而已，會不會連這個都記載。」卡露比。

「如果真的有孩童成功，然後講師也有去報告，大概真的會記錄起來吧，畢竟圖書館那邊一大堆吃飽閒著的怪人，他們連我被熊咬過結果沒死都記錄起來了。」盧登下意識地摸摸肚子。

「真的還假的？有這麼認真在記載村裡的行年曆？」卡露比。

「是真的有記載，但是被熊襲擊的那一次事件會被記載，是因為在盧登之前，已經有四個人被熊給撕成碎片了。那是一次很大的事件當然會記錄起來。」羅傑低頭沉思了一番，那一年風聲鶴唳的氛圍，至今仍歷歷在目。

「所以後來熊怎麼樣了？」

「被人幹掉了，不過不是我們村莊的人就是了，村莊委員會集資去白城找鬥技場的人來追捕才解決的。」羅傑。

「如果不是那個人在，我的腸子早就被熊拉出來吃了。但是那個人好像不是雇來的人吧？印象中他只是扒了熊皮而已，沒有跟委員會的人領酬勞就走了。」

「為什麼你一個昏死在路邊的人會知道的比我還詳細。」

「羅里奇說的啊，我對那個人根本一點記憶都沒有，熊撲過來後的事我完全忘光了。」

「你不覺得你運氣超好嗎？如果當下那個人跟羅里奇都不在，你還能活著在這邊講屁話？」

「哈哈哈哈哈，我也是從那次之後就發現，自己好像強運到死不了。」

正午剛過，兩側山嵐吹來的雨雲層層相疊，將最後一絲日光給遮蔽了起來。魚皮棚架下的三人依然悠然地等候著，等候著訓練時間的結束，沒有人對於孩童的凱旋歸來抱有期待，大晴天時做不到，更別說在這滂沱大雨之中。

兩個小時過後，一組又一組的孩童陸續回到了集合點，濺在孩童身上雨絲像是烏雲的操偶繩一般，操弄著垂頭喪氣的木偶們乏力地走上歸途。泰戈村人身上穿著的魚皮內襯衣雖然能防水抗濕，但孩童仍經不起這麼長時間浸泡於低溫的大雨之中，追獵時更沒有時間讓生火取暖。卡露比拍拍他們的頭輕輕說道：「先把身體烤熱，然後回家換衣服，明天在講堂上課喔。」

對於孩童的失敗，講師們大多不以為意，今日的訓練對孩童而言只是一個啟蒙，明天講堂之上趁著孩童記憶猶新時補充各種狩獵技巧後，便會放任他們自己去探索。當年自己也曾經歷過這樣的挫敗，但所有人相信，放任孩童自由在野外追逐摸索，是最能獲萬獸靈庇護的一種方式。

「妮娜跟瑞爾回來了嗎？」查德一頭濡濕褐髮，水珠仍不斷從髮尾滴落。「還有多少人沒回來？」

「迪里跟山崔那兩組人馬都還沒看到，妮娜自己也還在林子裡頭。艾德沒跟你一起行動的話，連他算進去還有八個人。」卡露比掐指算著人頭。

「瑞爾已經回來了？」

「嗯啊，他第一個回來的喔。」

「嗯。嗯。嗯。」查德緩緩悶哼了三聲，絲毫不意外瑞爾會成為第一個回來的人。「我先回去了，今天辛苦你們了！」

「查德哥今天謝謝你教我這麼多東西！」蘭潔莉亞鞠了個躬。

「趕快回去換衣服吧。」盧登揮手示意查德趕快回家，另一手抓了抓蘭潔莉亞的肩膀：「妳也全身都濕了，趕快回去找妳爸。」

「好喔，真的好冷。對了盧登伯伯明天也會去講堂講課嗎？」蘭潔莉亞。

「會啊。」

「喔喔，是喔。」蘭潔莉亞無意中露出了失望的神情，她並不討厭盧登，只是常被盧登的大嗓門給嚇到，講堂的空間略為狹隘，蘭潔莉亞並不想在那空間裡面被盧登震破耳膜。

「妳什麼表情？」盧登。

「哈哈，我們先走了，蘭潔莉亞我們一起走吧。」查德拍拍蘭潔莉亞，兩人拉高了吸水後過重的褲子，然後重新奔進雨中。

大雨被樹林攔下了大半，但仍沖刷著整片大地。在白狼家的兩兄弟決定放棄後，妮娜一個人坐在腐木上稍作休息。稠密的雨絲遮蔽了她大半的視野，從她頭頂灌注而下，流遍全身後，再從腳底流至泥土中，就像將她的存在視作一般的石子、樹木一般。

哈！喝！哈！喝！

吼！嘿！吼！嘿！

寂靜的森林中，風聲、雨聲逕自地咆嘯著，旋律竟像極了泰戈村的戰歌。望著眼前的景物，突然之間妮娜開始思索在這廣闊的自然中，自己有多麼地渺小，又突然間一陣風捲著寒意與恐懼，無情地從袖口竄進，然後像幽靈一般，纏繞在她身上。

妳的存在從來都不獨特。

腦中突然浮現的一段話將她從樹幹上驚落，慌亂的她急忙跑動了起來。即便雨水與泥濘讓追蹤變得毫無可能，妮娜的鞋也早已成了一片土黃色、藍色的皮革褲過半沾滿了爛泥，她仍毫無目的性地奔跑著。萬獸靈究竟是利用怎樣的條件來選擇庇護的對象，奔跑過程中妮娜不斷思考著，如果自己受到庇護，是否只要任意前行，就能撞見那頭屁股塗有藍色顏料的公鹿。

她沒有答案，於是她繼續奔逐。

＊＊＊

兩面兩米長、畫著魚鱗紋理藍色長旗佇立在一棟灰白色的建築前，建築的柱子以大石切砌而成，牆面則是由每片五十公分的厚石片蓋成，屋頂一反底座的灰白，是正脊雙斜坡式的深褐色木結構。石版屋外型相當簡樸，但因使用的石片較一般的石片厚實，，在經過刻意挑選排列之後，成了眾人口中的「鱗屋」

鱗屋是泰戈村村莊委員會的根據地，除了有可容納約五十人的大廳外，另有數間會議室、資料室。作為最主要的權力核心，裏頭負責決策事務的代表共有五人，由東南西北中五個單位區域各推派一名所組成。成為代表的條件相當簡單，只要被眾人信任，然後是未來不會踏上征途的人都有具有資格。

「今年體之祭的孩童遴選交給講堂講師們去處理應該就可以了吧？」發言的是代表中最年長

的中區代表銀鮭．莫莫魯斯。莫莫魯斯坐在木製的輪椅上，雖無法自由行走，但從結實的上半身看來不難想像他年輕時期的意氣風發。他身為村莊代表，亦是泰戈村裡最大宗的家族銀鮭家族的族長，在泰戈村裡可以說是舉足輕重。

「嗯，今年的人數比往年少一半以上，扣除掉十歲十一歲的孩童，基本上能選的就剩幾個人而已，交給講師他們自行判斷就可以了。」文職職員應道。

十二年前，幾個在擲石猿谷遭到挫敗、散逃到遠山山腳下的十勝鎮人，意外地遭遇了如鬼影一般穿梭在林間的四角羌後，將消息帶回了人類部落。由於四角羌沒有攻擊性、且屬於最基本的林間追獵，促使當年大量的青年趨之若鶩地踏上了征途，距離最近的泰戈村人更首當其衝地流失了大量人口，導致了三四年內的孩童出生率降到了谷底。

「昨天已經先做完狩獵練習了，今天是講習的課程。明天開始就會在駒止湖的做實際的追獵。」西區的代表是球藻．菲比，艾德的母親，對比其他四位白髮斑斑的代表，菲比僅有四十歲。

「你們家艾德一定能拿下一個名額吧？那就只要再選一個就好了，今年真的輕鬆多了，孩童數量也少，要去白城參加祭典的車隊也不用太多輛車。」莫莫魯斯道。

「希望他不要跟去年一樣逞強受傷就好了，沒辦法代表參賽就算了，連祭典都不能參加。」

「可惜明年他就十五歲了，不然明年水獺追獵他肯定能奪個好名次回來。距離上一次泰戈村人在非水獺年拿到前三名到底是多久之前了？」東區代表道。

「其實這次會議根據這一點我有些意見想提出來討論，雖說體之祭整體而言還是屬於啟發孩童的一個祭典，但可以的話我還是希望能加強水獺以外其他項目的訓練跟場地。我們村莊以漁獵為名，但不黯水性的孩子還是存在著，相對於漁獵，說不定孩子在其他能力上很有天分，不單單是為了體之祭，而是為了讓孩子們可以更均衡的去發展自己的能力。」曾任多年講師的菲比道。

「在四角羌獸主剛被搶先一步狩獵走的這時間點提說要加強其他種狩獵能力？」莫莫魯斯的眼神被白眉毛給蓋掉大半，令人無法解讀他的眼神

「雖然四角羌已經不在了，但是本身來說加強各種狩獵技能對孩童的未來而言一定有幫助啊，更何況未來何時會發現新的獸域沒有人可以預料。」

「所以是為了未來著想？」

「是這樣沒錯。」

「那個可能遠到我看不到的未來？」莫莫魯斯笑了一聲，他是村莊最年長的長者。菲比看見莫莫魯斯藏在鬍子後的笑容，察覺他只是存心在捉弄她，於是笑著搖頭。

「妳應該已經想好要改善的內容了吧，來討論吧，我們好久沒有做正事了。」莫莫魯斯推動木輪子，將身子靠上了方桌。幾個代表也扭扭脖子湊上前來，菲比緩緩地從皮革包中拿出了一小疊資料。能夠跟這群長者共事真的是太好了，菲比心裡感嘆道著。

正午時分，鱗屋裡的文職職員們自顧自的整理著各種資料，有的人做著人口紀錄、有人整理著要寄往白城的書信。堅信自己將歸屬於自然的人為了遠行而努力著，在村莊的生活裡大多從事

著狩獵、農作等勞動工作以訓練體力；而放棄追逐獸主背影的人則分為兩種，一種前往白城去開啟了新的人生，另一種則是回到家鄉繼續原本的生活，文職人員大多屬於後者。

寬闊的大廳有著三道大門，兩側的門連向會議廳與資料室，而正中央的門則通往鱗屋後頭的圖書館。圖書館裡五六個人正專注在自己的工作之上，他們無論是搬運著書箱、翻閱著文本抑或是書寫著文字一切皆靜寂無聲，在四角羌、黑岩蟹的事件接連發生後，他們正一點一滴的堆疊著人類歷史、書寫著歷史的脈動。

＊＊＊

「上上上！打爆他！」一陣嘶吼如爆破聲波般從人群中迸出，隨即更多的叫喊聲響起：「上啊希瓦多！痛扁那個光頭一頓。」

鋪滿白石磚的大廣場上，一陣喧嘩躁動而起，所有人同時放下了工具湊在了一起，幾個距離較遠的甚至跑了起來。圍觀的群眾有男有女，雖不是每人都高頭大馬，但都有著結實的肌肉，群聚在一起揮臂疾呼，叫囂之際肌肉間的碰撞彷彿就快綻出火花。

「好啦好啦，趕快打一打，打完趕快繼續工作。」領頭的人表情不悅，但卻張開手臂和大家一齊圍出了一個大圈：「每天看你們鬧就飽了，知不知道上頭有意見都是先跑來跟我碎嘴？」

「我用單手跟你打就可以了，免得你等等沒辦法工作。」被謔稱為死光頭的格西將左手彎上了後背，站穩了馬步注視著對手。格西雖然地中海式禿頂，但其實仍有一些毛髮懸掛在耳際之上。

「再多讓一隻右腿啦！」一個胖大叔喊道，希瓦多咧起嘴悶笑了一聲。

希瓦多體型瘦小卻留著一大頭散亂且茂密的黑髮，格西高出他整整兩顆頭，看似用厚實的胸肌就能輕易的將希瓦多悶死一般。希瓦多將手上黑色的繃帶重新纏緊，扭動了手臂並揮了幾拳。今天的狀況良好，就如往常一樣，希瓦多心裡如此想著。

「好了，來吧，趕快解決。」格西馬步蹲得更深，做好了準備。

在眾人的吆喝之下，希瓦多深吸了一大口氣，然後一個箭步衝出後躍起，在空中掄起右拳揮向了格西。格西見到希瓦多毫無思考性的直面攻擊，游刃有餘地在心裡嘲笑了他半秒後一個右轉身，用左肩承受下了希瓦多右拳攻擊。希瓦多見格西吃了自己扎實的一拳，且仍側身對著自己，趁勝追擊瞄準格西腹部打出一記左下鉤拳。

格西左腳迅步一退、右手雷電般往希瓦多左腕一抓，希瓦多使出全力的左拳就像撞上蛛網的飛蛾，硬生生地被格西用蠻力停滯在了空中。

「動作太慢了啊。」

「呵。」希瓦多試著將左手拉出，面對格西的蠻力卻無能為力。於是乎抬起了右腳踢向格西。

格西見勢，蠻橫地直接用左腳踢向了希瓦多的左腿腹，希瓦多就這樣在左手被箝制住的狀態下失去了支撐腳騰空而起，隨後腹部一個吃痛，格西的左腳狠狠踢了進去，讓他在地上滾了兩三圈才停止。

「比賽結束！哈哈哈，希瓦多你還是趁格西吃壞肚子還是發高燒之類的再找他打吧，不然好難看。」圍觀的胖大叔喊道。

「注意到了嗎？我還真的沒用到右腳。」格西搔了搔自己的耳際僅存的毛髮，像在確認著打鬥過程有沒有掉落一般。

「哈哈哈，可惡。」希瓦多捶了石磚地一下，用力過猛手指刮出了幾條傷痕。格西伸出了手，一把將希瓦多拉了起身。

「恭喜希瓦多保持零勝傳說！」一個身材姣好的女子喊道，眾人訕笑聲四起，同時也有不少人鼓起了掌。

白城鬥技場的無姓氏者們，一如往常地將格鬥當作遊戲、希瓦多也一如往常地被吞下了敗績。

希瓦多拍拍摳著手指上的傷痕，將裏頭的石屑撥弄出來，他被稱為零勝王者，誠如字面上的意思，自幼就體能落後別人一截的他，從來沒有贏過同儕夥伴半次，在加入鬥技場之後每一場鬥技更總是癱伏在地上，看著對手擺弄著各種慶祝姿勢。

「跪倒在希瓦多軟弱的拳頭之下才是真正的敗戰。」在鬥技場食堂的入口被放置了這樣一塊標語木板。

無姓氏者們大多是在外頭闖蕩多年，最後回到家鄉卻也已經沒有了歸屬的人們，他們放棄了原有的姓氏，選擇了在鬥技場裡度過下半生。鬥技場平時舉辦各種鬥技比賽，為往來的過客提供一份消遣，而更大多數的時間則是接受來自各地的懸賞委託。然祭典的準備工作也是懸賞委託中的一環。

「好了，鬧完了趕快來工作了，今天不把展演舞台蓋好我們一定會被釘在牆上。」領頭。

「就算蓋好也還是會因為其他事情被釘在牆上吧？」群眾一。

「我們一直都釘在牆上沒有拔下來過吧。」群眾二。

「哈哈哈哈哈哈。」所有人。

獸曆一二七年的這一年，人類族群攻克了四角羌與黑岩蟹的領地，由人類意志支配的獸主從七名升至九名，儘管對於詳細資訊與變化尚待釐清，這一年的體之季依然決定盛大舉行。

體之祭的體能項目全在「奔馳廣場」舉行，唯獨追獵項目移至各個不同的區域進行。扣除掉體能項目的各項場地修繕，祭典還有大量的展台與看板需要架設。有別於鬥技時綴飾華麗的戰服，無姓氏者們穿著老舊棉襖衣，所有人衣服髒得像條擦過嘔吐物的抹布，為了準備祭典他們一周前便加入工班協助作業，他們木工技術雖沒有工班們純熟，但仍是不可或缺的重大勞動力。

「來，一二三。」阿莉亞雖數著一二三，但動作完全沒對在拍子上，慢了一秒抬起木箱讓希瓦多一個吃重差點閃到腰。

「你數的數字有什麼用意嗎？」希瓦多跟阿莉亞只隔著一個木箱距離，近一些看她，她的綠瞳孔在小麥色皮膚襯映下相當有魅力。阿莉亞將棕色長髮連同兩邊鬢角上天生的白髮一起紮成馬尾，寬鬆的上衣讓脖子、鎖骨與豐滿的上胸一覽無遺。
「一二三數完之後，不是要吸一口氣，然後施力嗎？」
「沒有好嗎，一二的時候應該自己調整呼吸，三的瞬間就要施力！」
「沒聽說過，我們魯達鎮的人不是這樣做的。」阿莉亞對於希瓦多的抱怨不以為意，彎下腰來準備搬運下一個木箱：「來喔，一二三。」
「喂，到底在幹嘛。」這一次希瓦多特地多等了一秒，且料阿莉亞在數到三時就直接出力，木箱單邊傾斜差點滑到希瓦多腳上。
「我們魯達鎮的人超隨和，想說配合你們的規矩一下，誰知道你居然不出力。」
「哈哈哈，好好好，我不跟妳爭，我們今天已經鬧了好幾輪了，再鬧下去領班真的要被上面的人串起來掛在城門口了。」
「今年弄得這麼繁雜有點麻煩，如果是戰之祭要搞這麼大那也就算了，體之祭實在是讓人有點興趣缺缺。五項體能戰技內容無聊就算了，追獵項目觀眾也沒辦法看，總而言之就孩童自己在那邊熱血沸騰而已。」
「所以才要搭這些展台不是嗎？對於大人而言，參加體之祭又不是想看孩子們有多活躍，主要還不都是趁著祭典來吃喝玩樂。」
「那這樣的話今年獸肉的需求量不是比以往更多嗎，為什麼不把我也派去打獵，而是留在這邊跟你們搬木材。」阿莉亞年近三十，但抱怨的語氣仍殘留著小女孩的傲嬌感。

「追根究柢妳就只是想去打獵而已啊。」希瓦多說完，被阿莉亞用鼻孔哼了一聲。

奔馳廣場是一個三分之一圓的扇形大廣場直徑約有四百公尺，廣場圓心開始半徑約一百公尺面積內鋪滿了白磚，一路延伸到了街道盡頭，白磚以外的區域則鋪滿了棕色的粗砂礫。從日出開始，除去幾個原本就有木工能力底子的成員外，無姓氏者們搬著木材穿梭在街道的身影就像不斷在重播回放一般，直到突然間大夥被日暮的刺眼紅霞扎得雙眼睜不開，才發現兩公尺高、架設在白磚中心的木構大舞台已完成泰半。

「好啦，時間差不多到了，收一收吧。」嘴上咬著一排釘子的老木匠講話含糊不清，挺起腰把釘子裝回了腰包繼續道：「好險今天板子還沒鋪完，不然一定又有一群不懂事的小毛孩跳到上面辦格鬥賽。」

「老爺子你講這種話，有種跟我們當中最強的希瓦多打一架啊？」紅頭髮的蘭多笑道。

「收一收回家去吧，我老了，沒有跟你們一樣的體力了，扛了一整天木材還可以打打鬧鬧的。」

「哈哈，老爺子辛苦啦，大家辛苦啦，收工回家囉。」

白城盤踞在高原地形之上，遠眺西邊是一片翠綠的藍狼森，當低處夕陽半沉進藍狼森的樹海時，就是一日工時結束訊號，所有人不會眷戀也不受工程進度壓迫，簡單地歸類好工具後，三三兩兩地逕自回家去了。

——

叮叮叮叮叮！

鬥技場鐘塔的大銅鈴在每日的破曉時分被敲響，節奏輕快的金屬撞擊聲催促著無姓氏者們展開一天的新冒險。大多數人早在銅鈴響起前便已清醒，因為每個清晨鈴響後的例行戰役被視為生死之戰。

食堂在鈴響後就會開門，每天的朝食雖都是一些雜糧麵包、前一天煮好直接加熱的濃湯與蔬果野菜，但對於從事大量勞動工作的無姓氏者們可謂是生命之泉。食堂朝食的準備人手不足，將固定份量的食物擺上桌後便會開門，並不會多費工夫按人頭配餐，於是對於平日就毫無紀律章法可言的無姓氏者們而言，朝食才是真正的鬥技場。

「我不會跪倒在希瓦多軟弱的拳頭之下，卻可能因為沒吃朝食而昏死。」一個無姓氏者大叔指著食堂門口的木標語後，開起大叔式玩笑。

「你的這半塊麵包我收下了。」一個敏捷的小夥子趁著大叔長舌之際，摸走了麵包。

鬥技場就像一個工會體制，明訂好鬥技比賽、懸賞任務與各式工作的薪資列表，無姓氏者每季只要做滿能付食宿費用及鬥技場仲介費的工作量即可，剩下多賺取的部分則為個人薪資。

食堂的兩個老婆婆對於早晨的喧囂早已免疫，小夥子們的髒污的詞彙像被她倆的耳朵繭過濾掉了一般，任憑大家吵鬧著，她們仍兩座山似的坐鎮在正前方，眼神流露著年輕人解不清的迷茫。所有人都明白歲月奪走了她們很多東西，但還沒奪去她們的聽力，只要對食物稍作批判，她倆會將手裡勾得到的東西，用無法理解的速度丟擲而來。

「所以她真的蹲在牆邊哭嗎？」希瓦多跟個其他三個人聊著，每個人都用著一隻手半遮著自己的食物，只有阿莉亞沒做任何防備，儘管無姓氏者中的女性不比男性柔弱，但食堂裡的潛規則之一就是不搶取女性的食物。

「對啊，然後我就跟她說，這是我們無姓氏者的規則，不能對女性動情。」綽號灰狼的男子吹噓著，陶醉在自己的回憶之中。

「死婊子，誰跟你有過這種狗屁規定？」綽號號角的男子道，他目測年齡約四十初，無姓氏者們相當多人都只有綽號。

「垃圾，自己爛就算了，還要拖我們下水？」希瓦多。

「拜託，在那種酒館認識的大多都只是想玩玩而已，誰知道居然會遇到這種難纏的。其實如果你們想要一起加入也不是不行啊，我常遇到不少喜歡一對多的女的，下次一起去酒館走一趟啊？」灰狼雙手做著托著胸部的手勢，一臉淫穢。仗著顯明立體的五官與善使甜言蜜語的口舌，灰狼總能悠然徜徉在白城的夜生活之中。

「我看起來是需要靠你那張臉幫忙，才能跟女人攀談的人嗎？」希瓦多嗆道。

「嗯，需要。」原先對這話題毫無興趣的阿莉亞突然出了聲，目光如炬打量著希瓦多。

「媽的，不要用這種眼神看我，從妳這女的口中講出這種話聽起來更毒了。」

「不滿嗎？要打一場當晨間運動嗎？」阿莉亞的眼眸竄出綠焰般，右手稍抬蓄勢待發地準備拍桌開戰。

碰！

兩人之間三秒的眼神對峙被轟然的拍桌聲響給打破。

「上啊上啊！」大夥鼓譟了起來，搶在阿莉亞與希瓦多之前，鄰桌的兩個像是一個模子刻出來的大鬍子莽漢，起身幾聲叫罵後走出大門，後頭跟著一大群看好戲的人。

無意義的喧囂從食堂緩緩轉移到外頭去，頓時間食堂內變得寧靜，兩座老婆婆山依然佇立在原有的位置上，依然無心理會眼前瘋狂的年輕人們，只是任憑著歲月刻畫她們雙頰。

白城人早晨的作息比其他村鎮晚，就連孩童也是太陽半掛在空中才往開始郊區去探險。商業區內，清晨仍是一片死寂，整條白磚路杳無人煙，就連常見的那些癱睡路邊的醉客都沒出現，只留有一攤攤在地上嘔吐的殘留物。

躺在馬力拉車後頭行走了一段路程後，希瓦多變得睡眼惺忪，不自覺地回想起了幾年前在北方森林裡居住的那段時光。那一年冬天初雪甫降，希瓦多看著輕柔的白雪紛飛，忘記了寒冷，搓搓鼻子暗自等候著事先儲存了大量柴火的自己被另一個人的讚揚，那一個人的臉孔自己已經遺忘了大半，正當記憶緩緩重組，那人的五官逐漸拼湊了起來時，拉車的一個顛簸，將希瓦多從回憶中震了出來。

「舞台上面是不是放了什麼？」駕駛在馬上的阿莉亞在即將抵達之際，注意到了舞台的不對勁。

「他媽的，真的還假的？」一樣窩在拉車後頭灰狼探頭一望，比起阿莉亞提到的舞台上方，昨日一直在舞台下方搬運木材的他留意到的是底座的木柱。

底座最重要的六根支撐柱，其中一支被鋸下了個大缺口，另有兩支各被橫鋸了一大刀。就像擔心家貓察覺而匆忙啃咬幾口食物的老鼠般，凌亂的舞台下留著破壞者的各種痕跡，但有所不同的是，被破壞的底座的重要性不是餐桌上的麵包被啃咬幾口這種事可以比擬的。

「哪裡來的瘋狗，其他地方不去鬧，敢弄到我們這一塊來？」另一台車下來的蘭多氣得踹了舞台一腳，對於舞台的狀態他已無心顧慮，恨不得現在就能抓到犯人狠狠痛毆一頓。

「會做這種事的不會是喝酒醉的瘋狗，沒有人會喝醉還能去弄這些東西來。」搶先一步爬上舞台的希瓦多抓起一把抓起一坨血肉模糊的疙瘩物又道：「爛醉到敢挑戰無姓氏者的人，有辦法去獵兔子嗎？」

像餐桌上被打翻的紅酒般，舞台上方綻出一片艷紅，而一片艷紅之中又混雜著白色、粉色與棕色的黏稠物。約莫十隻的野兔被剁成了碎塊撒在了舞台上，若不是在一坨腸子之上看見了一支兔耳朵，希瓦多也沒辦法第一時間就知道這些黏稠物曾在草原上蹦蹦跳跳。

「這是想要警告我們嗎？」

「他奶奶的，都直接把底柱鋸掉了，不是想警告我們，難不成是要幫我們蓋房子？他媽的，想幹嘛就給我正面來，我紅髮蘭多在這裡等你，滾出來啊。」蘭多像沼澤鱷魚被魚叉刺中，怒氣與焦慮全衝上了腦門地亂喊亂踹，眾人看見他此般暴跳如雷，一時間忘卻了自己的怒火。

「你先安靜一點，吵死了，人早就不知道跑到哪裡去了，在這裡喊有什麼用？先等領班的過來。」阿莉亞冷冷地道，今天仍穿著寬鬆的上衣。

「等一會領班的跟木工班的人來在看看怎辦吧，這攤狗屎我可不願意清。」號角一屁股坐上了一旁的箱子，隨即發現風向不斷把腥臭味注進自己鼻腔，起身又換到了另一邊去。

成了瘸子的舞台前，零零散散十幾個人影，或坐或站的，有人直接躺下補眠，也有人索性訓練起肌力。直到後來領班與木匠們來了，木匠們利用榫接技術將柱子整個置換掉，花費的時間遠比大夥想像的少，領班帶著幾個人清掃完舞台檯面後，也逕自去向上層匯報。儘管無姓氏者們對於自己遭受挑釁可以說是零容忍，但因找不到犯人相關的蛛絲馬跡，也只能摸摸鼻子硬吞下這一大口怨氣。

＊＊＊

秋季，魚肥葉紅，所有的野生動物為了儲備冬天的糧食，無不卯起勁來覓食，平時行蹤隱密的棕熊，此時則常能在水源處尋得其蹤跡。然駒止湖為一個封閉式的斷流湖，由來自地下河道的微薄水源補充，湖面遍布紅褐色的駒止湖草，強勢的利用它的毒性，霸佔了整個湖泊。除一些特定種的魚蝦之外，駒止湖湖畔鮮少其他生物造訪，就連馴養的馬駒都不願意在此停下腳步，因得其名。

駒止湖畔一座木屋前正燃起熊熊的焰火，盧登、羅里奇、卡露比、賈昆、尤莉和羅傑六個人正盯著木棍上吱吱作響的油嫩松鼠。帶著一票孩童，在湖畔木屋折騰了兩天，絲毫看不出有哪一個人有追蹤的才能。眾人覺得這兩天下來，放任孩童自由在森林裡像無頭蒼蠅般找尋鹿的蹤跡根本是場笑話，原以為會有幾個積極的孩子能找到些什麼，讓人選的推派變得容易一些，如今遴選的進度仍在原地滯足。

「如果要我選我是會直接選球藻家那個男的跟白楠木家的妮娜啦。」賈昆盯著營火說道，左邊混濁的白色眼珠被火光映得火紅。

「這完全是靠印象分數在選吧？你要怎麼告訴他們你是怎麼決定由誰出賽的？」卡露比。

「嗯哼。」賈昆清了清嗓道：「由於各位連一隻鹿都抓不到，我們沒辦法判斷誰比較優秀，所以抽籤決定由艾德與妮娜代表出賽！」

「還是認真的討論一下明天要不要改個方式吧？哦？喔喔喔喔喔……」尤莉說到一半一個箭步探前去，將松鼠一把拿離了火堆。

「烤焦了嗎？」盧登焦急地問，上一秒還無視著話題的他突然回神。

「這半邊沒翻到，黑掉了。」尤莉用著烤松鼠串指向了羅里奇：「醫生你到底在幹嘛？連一隻松鼠都顧不好？」

「媽的，一整天都窩在木屋裡面睡覺的人，現在連幫忙烤個松鼠都能烤到焦掉。」盧登搶過松鼠，邊撥起上頭的焦塊邊碎唸：「有一次冬天也是一樣，說要幫忙烤魚結果……」

「你給我閉嘴，大家都坐在松鼠前面，一樣聊天聊到沒注意到不是？然後我一整天窩在木屋又怎樣，不然你揹著我跟你一起去森林裡啊？」羅里奇反制。

「要吵去旁邊吵，先把松鼠腿給我交出來。」

「我設的陷阱，為什麼腿不是我的？」

「話說為什麼這隻松鼠會比兔子還肥？牠真的是松鼠嗎？」

眾人七嘴八舌地吵成一團，完全不在意是否會吵醒孩子們。卡露比苦笑了一會，遴選的事情被一隻松鼠給蓋過去，她絲毫不感意外，就只是默默地伸手繼續烤火。

夜裡，一隻不睡覺的小貓從被窩裡溜了出來，走向了一個人顧著火堆守夜的盧登。

「想幹嘛？這時候還不睡，明天想要在森林裡打瞌睡嗎？」盧登連轉身都沒轉，大概猜測得到是誰走近了他。

「木屋太久沒住人，感覺長了很多蟲，我的棉被都快被爬滿了。」瑞爾隨手撿了幾根柴火丟進火堆，便坐了下來：「而且本來就沒規定睡覺的時間吧。」

「就怕明天沒體力，大家都很早睡不是？」

「嗯啊。」

「你不在意明天沒體力嗎？」

「還好。」

「嗯，要吃麵包嗎？用樹枝插著稍微烤一下很好吃喔。」盧登從地上撿了根樹枝，撥了撥上面的灰塵遞給了瑞爾。

「嗯……？」瑞爾接下樹枝後，看著盧登從陰影處的行囊裡拿出一塊麵包，撕了一半插到自己的樹枝上。瑞爾的黑髮在火光照射下變得油亮，相對著盧登雜亂的大鬍子則吸收了所有光源。

「嗯？」

「我以為你大概會跟卡露比一樣，趕我去睡覺之類的。」

「就算我現在叫你去睡覺，你睡得元氣滿滿的，明天還不是一樣懶懶散散地應付這次的狩獵。」盧登緊盯著自己的那一半麵包。

「我哪有。」

「每次都最晚到，然後最早放棄狩獵的人，哪裡沒有？」

「這沒有太大的關係吧。」

「可能吧，哈哈，你麵包拿遠一點，都快燒起來了。」盧登說完，用手指搓了搓自己的麵包，翻了面繼續烤然後接著說道：「我也不知道跟你這年紀的孩子講這個你聽不聽得懂，我認為啊，人生陷入迷惘、不知所措的時候，反而才是更應該專注在眼前事物，堅定地往前走的時刻，當你不確定自己想要的是什麼，你窩在原地在那邊自怨自艾，只會更找不到方向啦。沒有想法時就什麼都不想，認真的應對眼前的挑戰就好，千萬不要認為自己要先找到方向才能繼續前行。」

盧登突然講了一大串後，自己也愣了一下，等候著瑞爾的反應，而瑞爾只是默默地轉動著手上的麵包。

「所以少年你有什麼煩惱呢？」

「我今天看了妮娜和查德，覺得他們充滿了幹勁，跟他們比起來我真的不擅長追獵。」

「這小事吧，日子久了早晚就會變厲害了。」

「嗯……？嗯，如果是卡露比聽到，大概會唸我為什麼不認真。」

「我跟那個認真女不同，對於教育這種事情沒這麼有興趣，更何況我連自己的孩子都教不好了，為什麼要管到別人身上？」

「我不太能理解為什麼大家都想往境外跑。」

「我不知道怎麼跟你說耶，因為我也不知道哈哈哈。大家不就都是聽見來自萬獸靈的招喚，就腦海裡常常會浮出一種想法，告訴自己要勇敢向外去拓展、探索這樣嗎？」盧登邊講邊嚼嘴巴裡的麵包，烤得香脆的麵包卡滋卡滋作響。

「什麼招喚？」

「是現在的孩子都聽不到那些聲音了嗎？我小時候很常聽到呢，啊對了我被熊咬的時候昏過去，昏睡之中聽到的也是這個聲音。」

「怎樣的聲音？」

「一種很和緩、暖和的氣息，輕輕柔柔地把你包裹住，然後像是在輕推你的背一樣，鼓勵你進入森林。」盧登講完，瑞爾突然陷入沉思，低頭看了自已的烤麵包後沒有給予任何回應，逕自吃了起來。「幹嘛一臉不相信？」

「你剛形容的完全不是聲音吧？」

「是沒錯，總之就是一種很奇妙的感覺，認真說起來雖然不是一段對話，但就是明確地感覺到它希望我走向森林。」

「這完全是盧登你自己的幻想吧？」

「不，我們這一輩的人，全都有過類似的經歷，只是每個人的感受好像不太一樣就是了。別想太多，小鬼你還年輕，想怎麼做就怎麼做。」

深夜裡，時間的流逝只能從柴火中的灰燼的量來察覺。悠悠地又進行了幾段對話後，各自吃完了半塊麵包的兩人結束了他們三十歲年齡差的男人對談，一個抱著疑惑走回被窩，另一個則繼續獨自面對他的長夜。

漆黑的林中，幾個黑影竄過，在人類精疲力盡的時分裡，森林依然進行著自己的脈動。

守了一夜，當大夥簡單吃完朝食時，盧登睡得正甜。

「好了，我們今天要決定出來誰要當泰戈村的代表喔，今天到日落前帶回來的獵物總重量最重的兩個人就是今年的代表喔。」卡露比對著孩子們比出兩支手指頭，這是她自己思考過後今早對大家提出的新方案。

「鹿的重量嗎？」眾人異口同聲。

「不是，只要是野獸都可以算，能夠在野外獵取大量野獸的人，也會是擅長狩獵鹿的好獵人不是嗎？」

「可是有設陷阱抓的野獸跟鹿很不一樣吧？」路克發問。

「囉嗦，不滿的人就乖乖去抓一頭鹿回來啊，抓得到鹿的人，我們也直接宣布你們有參賽資格，要拚命去狩獵鹿還是抓一大堆兔子松鼠來都隨你們便，趕快準備準備就出發，不要廢話。」羅傑沒好氣地喊道。

「準備好了就自由出發狩獵去吧。」卡露比揮了揮手。

獵弓、短刀，孩童們十歲便開始學習如何使用，即便在大人的精準面前，孩童們射出的箭就像一場笑話，但對於獵物而言，朝著自己飛來的箭也許歪斜了一點，所能造成的傷害仍不容小覷。

兩日的搜索中，孩童們多少對於森林地形有所了解，也各自找到了自己屬意的獵區。孩童追捕鹿的技術相當拙劣，但歷年的訓練中由於人數眾多，幾乎可以稱得上是地毯式搜索，儘管鹿再敏捷，面對不斷襲來的攻擊總會有大意的一刻，於是乎基本上都能透過這樣的自由追獵遴選出對象。像這樣需要額外訂定規則的狀況並不多見，然而近年來的訓練也是因孩童人數不足才使得大家注意到當中的瑕疵。

在森林入口處，妮娜、查德與瑞爾不約而同的停在了同一棵夜桑樹前。

「你們想怎樣做？」妮娜抓起自己的箭筒，然後又試拉了幾下弓，妮娜的弓是一把紅木弓，長度只有成人用的弓的一半。

「看到什麼抓什麼啊。」瑞爾也假裝忙碌，輕輕彈了自己的弓兩下後曖昧地瞄了妮娜一眼，對比起妮娜的弓箭技術，瑞爾時常覺得自己揹著的弓是累贅。

「嗯，我應該也是。」查德。

「嗯嗯，各自加油吧。」妮娜道。

「當然。」

三人相視而笑，低下身來開始挑揀著夜桑樹的嫩葉，然後放在手心上揉，之後塗滿全身用以消除氣味。

目送查德走進森林後，瑞爾在原地用夜桑葉緩緩地搓揉雙臂，然後循著妮娜的方向跟了上去。

前幾日的雨讓森林仍充滿泥濘，加上晨露未消，在樹林中走了幾步，妮娜便覺得獸毛靴有些許潤濡，當她蹲下身來重新拉緊靴口時，注意到了跟了上來的瑞爾。

「你要去哪？」

「我來找妳啊。」

「怎麼，要跟我搶狩獵區域嗎？」

「妮娜妳應該一樣會選擇追獵鹿對不對？」

「嗯？怎樣不行嗎？」

「我們一起狩獵吧？大的小的都可以，兩個人一起獵的數量一定多很多，如果有看到鹿一起狩獵也一定比較有機會不是？」

「蛤？」

「獵物都給妳，我只是來幫忙的。」瑞爾此時已經走到了妮娜身旁。

「這算作弊吧？」妮娜的眉頭從對話的一開始便深鎖至今。

「從來就沒有說過不能組隊吧？」

「你吃到什麼迷幻香菇是不是，幹嘛突然對我示好？」妮娜眉頭鎖得更緊，開始從過去的總總中拼湊線索，試著釐清瑞爾是不是對自己有好感。

「單純想找點事情做而已，如果有一個簡單的目標感覺狩獵起來會比較有勁，我沒有很想參賽，所以如果是以幫忙朋友的姿態來狩獵的話，感覺就比較有動力。」

「什麼懶散的發言？」妮娜不知道眼前的瑞爾在想些什麼，但一聽到朋友兩個字，下意識的撿了一顆小石頭丟向他胸口道：「也可以幫查德啊？」

「比起查德妳獲勝的機率比較高吧，查德動作溫吞吞的。」

「不要在背後偷講他壞話，嗯……你想怎樣做就做吧，難得看你這麼認真在思考。」

「走吧，打獵囉。」

矮樹叢之上蓋了幾片秋天的黃葉，而黃葉的後頭，一頭金髮正蟄伏著。妮娜拉弓的方式與一般人不同，她習慣將弓身橫擺，然後側斜著頭、微彎腰椎，用右手將弓弦拉近到了胸口。儘管被糾正過了不少次，但在命中率逐漸上升了之後，便也再沒長輩有所微詞。

妮娜屏住了呼吸，左手微微調動了角度，剎那間一枝飛箭劃破了仍未散開的霧氣，化作了一道銀光，扎扎實實地刺進了毫無妨備的野兔脖子上。

「哈哈，妳不是說要獵鹿嗎？」另一邊的樹叢傳來瑞爾的聲音。

「你不是說要來幫忙狩獵的吧？怎麼反而只有我注意到這隻兔子？」妮娜看著雙腳抽動著的野兔，自覺有些許殘忍，於是暗自地告訴自己，只要好好地吃光這隻野兔，就不枉費牠的犧牲了。

「我也很認真在找了，但就真的沒注意到，等等有注意到獵物的話，交給我來。啊對了，這兔子也我來背就好了。」

「交給你來，射不中的機率會翻倍吧？啊，對啊你可以幫忙背獵物耶，突然覺得你有用處了。」

「我背吧哈哈。」瑞爾簡單地拉了幾條長草，將兔子的腿捆住，甩到了自己背上。「不知道要幾隻兔子左右才會贏大家，三隻加上一些松鼠感覺應該有機會。」

「可以的話，還是想獵鹿，但是多抓點兔子什麼的應該也不錯，晚上可以跟大家一起吃。話說前面一點的地方，這兩天都有鹿行走的痕跡，你先在這邊等我一下，我先去前面一點看看。」

「嗯，我在這一小片松樹林這裡等妳，順便做幾個松鼠圈套碰碰運氣。」瑞爾抽出腰間的小刀，小刀頂端上刻著兩長一短代表薄霧家的弧線，柄身則為泰戈村常見的魚紋樣飾。「啊對了，不要偷跑喔，要回來喔。」

秋季，樹冠之上不再有嫩葉，有的只是些殘枝老葉，此時的松鼠多在地面上尋覓食物，瑞爾趴伏在地面上，窺視著草木之間的縫隙，尋覓松鼠的移動路徑後拉彎一根樹枝，將一個繩圈固定在了路徑之上。除了地面上的陷阱，在樹與樹間架設樹枝，然後纏上大量的套圈也相當常見，但瑞爾手頭並沒有這麼多的細繩。

架設了五個套脖陷阱後，瑞爾用光了手頭的細繩，而這時妮娜依然不見人影，瑞爾索性攀上了棵大樹，在上頭發呆了起來。

「沒有想法時就什麼都不想，認真的應對眼前的挑戰就好，千萬不要認為自己要先找到方向才能繼續前行。」瑞爾放空之際，想起了盧登的話，深夜裡的對話在一覺之後變得模糊，唯獨這一段話清晰分明。於是乎瑞爾決定要應對眼前的挑戰，而眼前自己的挑戰就是努力多抓點野獸。

「就這樣簡單、認真地面對眼前的任務吧，然後如果萬獸靈真的喜歡我的話，應該會告訴我該怎麼做吧？」瑞爾在樹上自言自語，遠處一隻知更鳥緊盯著他的怪異舉動，讓他想起當他嘗試在課堂上偷吃藍老鼠果時，卡露比發覺時的鄙視眼神。瑞爾抽出背上的箭、搭上了弦，恐嚇式的朝向了知更鳥。知更鳥體型嬌小，箭頭幾乎快跟牠同等大，面對瑞爾的舉動牠沒有反應，依然故我地在樹上小跳步。

此時樹叢中一陣竄動聲，瑞爾聽見騷動，突然心跳加速，雙手不自覺發麻了起來。面對草叢中探出頭的棕色生物，瑞爾腦中一片空白，但麻木的雙手就像有了自己的意識，將弓身自動轉了向，拉起了弓弦，當他終於回過神來時，聽的見的只有耳邊弓弦的緊繃的摩擦聲、看得見的只有箭頭與箭頭指向的那一頭母鹿。

瑞爾完全屏住了自己的呼吸，又穩住自己姿勢兩秒後，終於放開緊扣箭羽的右手，弓弦迸出清脆的彈聲，知更鳥驚地飛上了天，一支飛箭居高臨下如雷擊般打進了樹叢，引起一聲悲鳴。

「中了！」瑞爾在樹上握拳激勵自己，儘管與自己瞄準的頭部有些許差距，箭矢仍命中了母鹿的脖子要害。

瑞爾雙手因腎上腺素仍顫抖不已，身軀則已經犯軟，他只是靜靜地停滯在了樹上，等候著樹下的悲鳴結束。

「真的還假的？」妮娜往原路折返後，看見瑞爾正拖著一頭鹿。

「想不到吧，剛好遇到的。」

「那裡遇到的？」

「就在這裡啊，從這個方向走過來的。」瑞爾指的方向正好是妮娜探查的方向。

「真的是你獵到的？是不是盧登還是誰故意放著讓我們發現的？」妮娜翻了翻沉重的鹿身，

檢查著傷口。

「真的是我獵的，妳看這支箭不就知道了。」瑞爾彈了彈箭羽，而妮娜早已看見了那箭羽，仍不死心地檢查著整隻鹿。

「這隻鹿就這樣自己走來這裡？附近有其他人追趕牠之類的嗎？」

「沒有人追趕，就真的是剛好在這裡遇到的，相信我啦，趕快幫我找個棍子，時間還早，我們直接把牠扛回去吧。」

「嗯……」妮娜若有所思，但雙手已經動了起來。在這個區域待了兩天的妮娜，儘管還是生澀的年輕獵手，也大約能判斷出鹿的行徑方向，自己方才沿著獸徑一路追蹤而去，一路上聚精會神地搜查著，完全沒有道理鹿從身旁竄過往瑞爾方向而去自己完全沒有察覺。

瑞爾獵到的母鹿雖仍年幼，但仍有約六十公斤，對於兩人而言無疑是一項大挑戰。兩人將鹿綁上長樹幹，一前一後抬著。

「我前幾天跟珍薇姑姑抱怨魚皮服飾的味道可能會讓我們在追蹤鹿的時候，被鹿聞到味道。」走了一段路後瑞爾道，距離營地的木屋仍有三分之二的路程。

「並不會好嗎，魚皮製作都要揉製過好幾次，還用草汁煮製染色，根本沒有味道。」

「魚皮材質怎麼會沒有魚腥味？」

「跟材質根本沒有關係好嗎？我們一直都穿著魚皮的內襯衣，盧登他們是一樣，你看有影響到他們任何行動嗎？而且話說回來，你聞到的味道應該是你自己不好好洗澡的臭味吧？」

「可是珍薇姑姑跟我說，如果今年……」瑞爾停頓了一下，吞了口口水繼續道：「就今年有機會她要幫我準備一套森林用的衣服，妳想要嗎？我可以請她幫妳。」

「誒，瑞爾。」

「嗯？」

「我幫你抬鹿回去之後，我還要回來繼續狩獵。」

「為什麼？」

「你不會真的覺得我會把這隻鹿當作自己狩獵到的吧？」

「沒關係啊，我本來就不是很想參賽，待在街上吃吃喝喝更有趣。」

「你知道這隻鹿往你那邊跑根本一點邏輯都沒有嗎？我就在前面不遠處而已，這一點距離有一隻鹿直接走進來到你跟我中間，我居然完全沒有發覺。」

「就因為你在前面鹿才會往這邊跑啊，真的就運氣好啊，就剛好往我這邊來了。」

「對，就是這點，就是這個運氣，因為這個運氣我認為你就有資格去參加這次的體之祭。」

「但是……」

「你閉嘴，名額有兩個，時間還長，我自己會再回來狩獵，如果真的沒這個運氣我也認了，你不要再想把這隻鹿推到我這邊來，什麼沒有動力懶得思考之類的，都跟我無關，我要靠自己的實力。」妮娜道完，停下了腳步，思考了幾秒之後直接將綁著鹿的木棍緩緩放下，留下瑞爾轉身便走。

對於瑞爾逃避的原因，兩人的年紀還不足以理解。此時的妮娜心裡的情緒除了不服氣以外，更多的是疑惑，難不成比起瑞爾，自己更不受萬獸靈青睞。妮娜緊握著紅弓，逕自走進了樹叢。

夜裡，一座大營火上架著兩頭扒光了皮的鹿，除了孩童們與原先的六人，一些泰戈村人也聞訊來參與的一晚的盛宴。鹿肉被架上火堆不久，表面艷紅的血水才剛沸騰，飢腸轆轆的眾人只好將目標轉向火堆旁的野兔、松鼠串。

「瑞爾居然獵到了鹿了，真的假的。」火光的照射不到的森林中傳來邁爾的聲音，幾個熟識邁爾但沒狩獵到任何野味的孩童打了個冷顫，默默地移動屁股，從明亮火堆前退到後頭的人群中，想藉由夜色的遮掩躲避邁爾。「哪一隻是瑞爾獵的，小隻的這隻對吧？那大隻的這一隻是艾德的吧？」

「嗯，比較小的這隻是瑞爾獵的，大的那隻查德獵到之後，我們一起去幫他搬來這的。」卡露比回應，火光照映在她的側臉，她正緊盯著邁爾看。

「這隻小是不是有點小啊，是不是生病了啊。」邁爾拿起樹枝戳了戳鹿肉，火堆對側的瑞爾聽見邁爾的言論不禁縮起了脖子。

「不是吧，都獵到鹿了他還可以調侃。」瑞爾壓低音量道。

「邁爾叔叔你是在講什麼鬼話，這隻鹿小又怎樣，這邊還有十九個人連小鹿都獵不到啊，怎樣！」妮娜隔著火堆大喊，聲音響亮得讓原先自己聊著的人們停下了動作。

「白楠木家的小姊姊啊！妳有來喔，妳獵的獵物在哪裡？這裡有一隻瘦巴巴，很像自己從樹上摔下來的松鼠是不是妳獵的？」邁爾舉起松鼠串，隔著火堆揮舞著。逗得卡露比只能苦笑搖搖頭。

「對啦，就是那一隻松鼠啦，牠臉跟你一樣粗糙到像樹皮所以我看不下去就把牠射下來了啦。」妮娜回嘴語氣相當暴躁，但卻逗得大家哈哈大笑，此時對於妮娜的心情的最能理解的只有瑞爾。

「哈哈哈，居然這麼會回嘴，還不把練嘴皮子的時間好好拿去訓練，我在你這個年紀的時候已經可以自己打一隻鹿扛回村子了。」邁爾扯開了松鼠的腳。

「真的這麼厲害現在就不會在這邊了啦，怎麼你沒辦法把黑岩蟹打下來？」兩人的隔空鬥嘴逗得大夥笑得合不攏嘴。

「哈哈，艾德，來！過來這邊，我來教你一些體之祭的準備訣竅。」邁爾突然轉移了話題，嬉鬧之間唯獨卡露比注意到了邁爾方才在聽聞妮娜的話後，臉突然沉了下來幾秒。

「卡露比老師，跟我們說萬獸主的故事！」丹與艾克扯著卡露比的手喊著。

「好喔，那你們趕快坐著。」卡露比笑著，然後望著火光，開始娓娓道起：

至今五百年以前，這一片大陸上沒有人類，只有普通的獸群與統御著牠們的萬獸主。萬獸主沒有固定形體，當祂走進一片沼澤時祂會幻化成一頭有著八隻腳的巨鱷、踏入高山雪原時祂會變成全身絨毛的白色巨象，而在森林裡的祂則能變成一隻四角的巨羌。幾百年以來祂都看顧這一片大陸，當獸群發生爭端時，祂便會出現，用祂的關懷與智慧安撫獸群。

有一天，原本生活在海底的人類，受不了一直被鯊群追獵的生活，從東南方的海洋裡爬上了岸，那時候的人類全身都是黏液、手指還長著膜狀的蹼，因為不耐乾燥，所有人奄奄一息。瞧見這一幕的萬獸主決定幫助人類，祂扯下了自己頸部的一塊皮膚後撕下了人類的蹼，將兩者揉成了新的人皮，覆蓋到了人類的身上，祂還將東南方的這塊土地賜給了人類，讓人類得以開啟新的生活。

隨著人類部落的擴張，部落間時常發生衝突，一次的衝突中化作猿猴形體、試圖從中協調的萬獸主被失控的人群誤傷而死，臨死前的祂將自己幻化成了無數的萬獸靈送到了這片大陸的各個角落，並要求充滿愧疚的人們在自己強大到能控制自己的身心靈時，前往各個角落去代替自己守護獸群們。

駒止湖的營火持續了一整晚，而瑞爾整晚只是放空著，完全無法想像自己即將踏上奔馳廣場的那一刻。跟艾德相比，自己的體能非常普通，對於體之祭印象就是跟著大夥在祭典的攤販上吃吃喝喝，從沒想像過自己會成為舉著泰戈村旗幟站上舞台的那個人。

「沒有想法時就什麼都不想，認真的應對眼前的挑戰就好，千萬不要認為自己要先找到方向才能繼續前行。」在眾人的歌聲與歡笑聲旁，瑞爾腦海裡又再次映現出了這一段話。

＊＊＊

當顛頗的馬車開始趨於穩定，木輪子不再悲鳴時，取而代之的是周遭的喧鬧聲，在馬車上午睡的月光・陶昂睜開了雙眼，推開了擠在自己身邊的兩隻小獵犬，循著人聲鼎沸的方向探出了脖子。陶昂綁著一頭相當陽剛的棕色馬尾。馬車上除了獵犬以外還塞滿了鹿皮與兔皮，月光・米倫跟丈夫月光・道卡斯坐在馬車前頭操作著。

月光家族來自米倫的娘家，普羅大眾在結婚之後，其中一方會將姓氏更改成家族勢力較大、或是功績較為顯赫的那一方，也因這樣的更迭，一些薄弱的家族被淘汰而斷後，但其中亦不乏新的家族透過狩獵的功績而中途崛起。

在馬車行駛進了商店街區後，開始出現不少兩層樓高的石材與木材的混合式建築，樓房之間高掛五顏六色的方旗正隨風飛揚，方旗上有雙頭的飛鷹、長牙的黑虎、四爪的巨蟹等各式各樣的野獸圖樣，眾人相信紋樣越是精緻越能展現出自己對於萬獸靈的崇拜。

又穿過了一個街道，陶昂面前出現更多的馬車，對比著自己穿著的舊獸皮衣，馬車上的孩童們穿著繡有家族紋樣的傳統衣飾，在上頭興奮地蹦蹦跳跳的。這年紀的孩童在十七歲的陶昂眼裡，看來就像舞動著的小丑，刻意彰顯自己家族紋樣的孩童更令他作噁，可以的話，他只想脫離月光家族的名號，搶在雙親再次離開之前率先踏上征途。

正午時分的豔陽，讓穿著毛襖的人群們得以稍稍捲起袖子，讓肌膚享受陽光的熱度。當十七個區域、合計共五十人的孩童代表從白磚街道緩步走向奔馳廣場的舞台時，群眾的喝采聲達到了高潮，所有人抓起了一把又一把由乾燥的夜桑葉磨製而成的綠褐色粉末不斷向空中揮灑，好幾個孩童代表甚至被粉末濺到了眼睛，停下腳步揉起了雙眼。

瑞爾跟在艾德後頭，雙眼緊盯著他的鞋跟，就像是被他的鞋跟引導著一樣，一踏一跨地挪動著自己的步伐。兩人身穿貼身的淺褐色魚皮衣褲，衣襟用染成藍色的魚筋繩交錯而成的束帶固定，魚皮衣從上手臂開始則被蛇皮護帶給包裹住，一路延伸到了手腕部分，艾德的是綠蛇皮護帶上頭烙印著墨綠色的圓球狀家徽、而瑞爾的則是灰蛇皮護帶，弧線的家徽烙印在左上手臂的部分。

「一起努力啊。」艾德轉過身來對瑞爾打氣，瑞爾輕輕點點了頭。瑞爾原以為珍薇在得知自己將代表泰戈村參賽時會相當驚訝，但珍薇卻只是洋溢著笑容拍拍他的頭告訴他：「還好我前天就開始在幫你做新衣服了，為了我、也為了你自己，努力到最後吧！」

珍薇對於瑞爾的信任，像往他胸口注入一股溫暖的湧泉般，直到今天踏上了白磚路他仍能感受到胸中的一股悸動。即便自己在鹿的追獵技巧上仍相當拙劣，也想好好的努力一番，最起碼在五項體能競賽的部分維持著成績，擠進追獵項目的前二十五名不要愧對大家的期待。

「艾德，泰戈村的面子就靠你了，哈哈。」瑞爾目光定焦在前方十鎮村孩童的壓製成格紋的灰色獸皮上，

「跟人講話起碼眼睛看一下對方吧。」艾德高瑞爾一個頭，皺著眉俯視瑞爾道：「老是這樣懶懶散散的，就說一起努力了。你好歹也是憑實力獵到一隻鹿的人，怎麼都這麼愛貶低自己？」

「我會努力啦，只是這一次自己真的是靠運氣獵到鹿的，總覺得有點彆扭彆扭的。」

「就算真的對鹿的追獵沒有自信，也應該好好把握這一次機會，確認自己的能力到哪裡，明年水獺追獵你們會是最年長的一群，到時候就靠你們了耶。」

瑞爾明白艾德對於自己沒辦法在最年長的一年參與最有自信的水獺追獵相當失望，也從旁聽聞了艾德為了鹿的追獵做了多大的努力，於是收起了嘻皮笑臉，重新注視著艾德的棕色瞳孔說道：「好！我們一起努力！」

五十個孩童排列在舞台後方，每個村鎮的孩童帶著喜悅，穿著村莊的傳統服飾聽著獸史殿的司會者唱名，然後一組一組的走上舞台，接受台下民眾的歡聲。

十勝鎮人服飾的內裏是染成黑色的棉衣，外著則是用著烙鐵在灰牛皮上烙出獨樹一格的格紋背心，加上黑鐵製的護具與家徽吊飾充分展現鑄鐵之鎮的特色。

魯達鎮人的黃棉衣、褲上繡滿深褐色的圓形紋理，搭配縫製在後肩上的兩個烙著家徽的藍皮革道具袋，以黃藍兩色作為主要特徵，魯達鎮人總能從長靴上的側袋與後肩道具袋中掏出各種刀

具繩具，在其他孩童眼裡就像是個神祕百寶袋一般。

洛洛村人大多留著長髮，然後使用綠色長緞帶將頭髮編成四辮，相較於其他村鎮貼身的衣物，他們寬鬆的綠服裝完全不利於狩獵。雖不像泰戈村擁有數座湖泊，洛洛村村莊領域內遍布多條河流，他們善於利用道具截流捕魚。

熊鎮坐落在魯達鎮西北方，螺旋山的山腳下，鄰近的區域有已攻克的兩足行熊山丘，長久以來與兩足行熊獸主和平共處，不互相侵犯領地，但熊鎮人仍擅獵一般的棕熊與黑熊。孩童穿著的傳統服飾在胸口有拼製的假熊頭、而成年者則穿著由自己狩獵的第一隻熊所製熊頭衣。

孩童們一組一組的帶著自己村鎮的期望上台，當司會者唱出泰戈村名號時，瑞爾戴上了魚皮面罩。泰戈村的魚皮面罩有著與魚皮衣一樣的淺褐色、雙眼各開了一個洞，而鼻樑上方縫製了一條深茶色帶子，通過雙眼間一路延伸到了後頸上，鼻子與嘴巴上則共縫了三條鰓一般的延伸到臉頰的灰色細網。

魚皮面罩雖能有效減少水下活動的阻力，但此時的瑞爾有些許滑稽，根據往例孩童在展示完服飾後，在舞台上都會摘下面罩，而當司會者唱出薄霧．瑞爾的姓名時，瑞爾依然緊戴著面罩、突兀的揮著手。

「那白癡是不是忘記把面罩摘掉了？」妮娜擠在人群裡探著頭看著瑞爾、此時下頭的群眾傳出一些笑聲。

「小朋友，你是羞於見人嗎？不把面罩摘掉我們怎麼認識你啊？」蘭多喊道，他跟著一群無姓氏者們也擠在人群中。

「瑞爾你不把面罩拿下來嗎？」艾德保持著氣昂昂的姿態正視前方，一邊低聲地問道。

「沒關係啊，這樣很好，我很喜歡魚皮面罩，這可是屬於我們村莊的東西。」儘管沒人看得見他的笑容，瑞爾依然微笑著。

「呵，也是。」艾德笑著搖頭，從口袋掏出了自己的魚皮面罩後也戴了上去。

「今夜泰戈漁人大啖魚肉飲酒慶豐收！泰戈村必勝，大家等著！」艾德突然振臂高呼，一瞬驚懾了台下觀眾，隨即笑聲響了好幾秒。

「好啊！就是這樣有鬥志才好看啊！哈哈哈哈哈，話說你這小鬼這年紀喝酒還太早了吧！」蘭多大喊，無姓氏者們騷動著，連帶的激起了群眾的大量掌聲。

在正式進入競賽之前，群眾大多甩弄著自己的小錢袋到市集吃喝享受節慶了，但留下觀戰的親友團們仍有著相當可觀的數量，親友的喝采聲之下，參賽孩童換上了另一套利於移動的衣服，窩在隊伍裡拉伸筋骨，準備接受第一項攀登競賽。

攀登與攀降競賽的場地上一座由上百根原木樹幹組合而成、約十五公尺高的巨大方柱型建築，樹幹橫斜豎直在各種角度互相搭接形成鳥巢一般的結構，建築一側留有一道方形通道，一路延伸到建築的正中心。攀登競賽規則相當簡單，從建築正底部出發，在鳥巢結構中鑽爬而上，越快攀爬至頂端者得分越高、攀降規則則相反，從上至下回到底部中心。

當瑞爾走進中心時，裏頭幾近漆黑，只有幾條絲線般的光線成功從密密麻麻的樹幹空隙中探進身來，群眾的聲音幾乎被隔絕，當他回頭望向通道的盡頭，一塊方形的陽光之中，佇立著一個穿著深綠色禮衣的獸史殿成員擔任的裁判員。

瑞爾回想起自己小時候曾摔進了捕獵用的獸坑，當時哭鬧了好一會，才吸引到路過的妮娜注意，從圓形獸坑裡望向妮娜的風景，瑞爾至今難忘。也是從那時開始，兩人開始要好起來，後來查德又加入才成為如今的三人團隊。

在裁判一聲令下，另一名成員將一個有著精緻木雕的大沙漏從狼頭在上轉成了豹頭在上，錐狀玻璃瓶身內的綠色細沙開始向下傾瀉。瑞爾抬起頭，一個微蹲後彈跳而起，右手攀上一根樹幹，靈猴般地竄進了原木陣裡開始上攀。

在狹隘的空間裡，雙腿反而成了阻礙，但只憑雙臂的力量並不足以瑞爾攀登到頂端，於是乎只能運用短暫的思考時間，去評估每一個攀登點的伸展空間。也許是鄰近的居民經常攀爬所致，連著樹皮的樹幹觸感比想像中的還要光滑，當瑞爾覺得上手臂開始發軟，難以牢固地握緊樹幹時，四周已比方才亮了一些，但仍有約十公尺的高度需要攀爬。

圍繞在攀登場地外的人們在參賽者攀登到頂點之前，只能望著木建築發呆。在前幾人攀登之際，妮娜到不遠處的攤販買了支淋上蜜糖的樹果串，如今正一邊嚼著一邊等著瑞爾的頭從建築頂端探出。十到十四歲的孩童們，藉由村莊委員會安排的車隊由幾個講堂講師一起帶到了白城，成年人們則為了商運、購物與享樂而自行前往。

「瑞爾是不是有點慢啊？大家不是差不多這時間就應該登頂了。」吃一顆過大的猴桃果時讓妮娜嘴角沾滿了蜜糖。

「現在這時間差不多吧，如果過一下還沒出來，大概就真的慢太多了。」查德手上拿著沉默樹樹皮卷製的肉卷。

「到底在幹什麼，還不趕快。」妮娜抬頭仰望著木建築，突然間發現湛藍的天空美得不像話。

「啊，爬到頂了。」路克一指，幾個人看到頂端瑞爾的黑髮竄動，待在頂端的裁判員確認瑞爾全身爬出建物後舉起紅旗，眾人不約而同轉頭看向計時沙漏，但卻遠得看不清刻度。

「慢死了！」邁爾站在不遠處大喊，手上抓著一大把烤肉串。

瑞爾癱坐在原木樹幹之上，痠軟感從前臂一路延伸到了肩膀，他知道自己的休息時間正在倒數著，等候裁判員藍旗一升立刻就要進行攀降的計時賽，於是只是靜靜地向後延伸手臂，抬頭望著天空。在一旁裁判員的眼裡，眼前的這個男孩的姿態，就像等待著一陣風，將自己帶向藍天似的。

瑞爾沒有理會底下人的叫喊，更無視著一旁的裁判員，他只是做著自己的伸展，一邊心裡想著他媽的好累。

攀登攀降完成後不久，移動到了另個場地，競賽繼續進行著。障礙跑步時，當瑞爾氣喘吁吁地鑽過一根一根的歪斜樹幹，他開始痛恨起樹皮刮過肌膚的感覺，心裡碎唸著天殺的主辦方到底去哪裡砍了這麼多樹幹，來設立這麼多的障礙物。繞著同樣的路線不斷奔跑，瑞爾的右額第三次撞上一根傾斜三十五度的樹幹時，他一度想停下來狠狠踹斷那根樹幹。蕩繩跳躍是裡頭最快速的一項，助跑一段距離後，抓著繩索往前蕩，以距離遠近作為分數、最後一項長跑則繞著奔馳廣場外周競足十圈。

當參賽孩童們完成長跑抵達終點時，所有人無視等候在終點前的親友，一個一個歪歪斜斜地踱步著，然後往側邊的草地一撲，癱倒地上放棄壓制自己激烈的心跳與喘息。

「好像成績真的很爛耶哈哈哈。」瑞爾仰望藍天，今天一整天自己好像抓到時間就只是一直望著天空。

「大概中後段吧哈哈哈，晚一點就會貼成績榜了。」查德坐在瑞爾頭的不遠處。

「超久沒這麼累了，明明每天都在森林爬來爬去的，為什麼今天可以累成這樣。」

「訓練不夠啊，你這小毛頭。」邁爾的聲音從後側響起。

「啊啊啊，快跑。」瑞爾蝦子般地從草地彈起，一溜煙地跑了起來，後頭查德跟妮娜笑著追趕著，三人鑽進了人群，留下拿著數串烤大山蠑螈的邁爾待在原地。

＊＊＊

獸史殿的大門前，人潮摩肩接踵各自為著自己的事奔走著，浸泡在擁擠的人流之中，沒有人有空抬起頭仰望門口的萬獸雕塑，固然也沒有人發現其中的異樣。一張張臉孔飛影般劃過，有幾個人影卻一直佇足在一樣的位置上。

「情況怎樣？」希瓦多從背後拍了拍號角。

「沒怎樣啊，早上這麼亮，你以為他們有種到會來搗亂嗎？而且獸史殿那邊也派衛士在巡邏了。」號角嘴上刁著一根菸斗，但並沒有放入任何菸草。「說真的，有必要連我們都來幫忙看雇嗎？我們的工作內容是不是包山包海了？」

「沒辦法啊，體之祭人潮這麼多，獸史殿的衛士光是要抓那些小扒手就抓不完了，我們盯哨還能輪班已經算很好命了好嗎？更何況錢又沒虧待我們。」格西拇指與食指互相搓揉著，比著錢的手勢「錢啊錢啊錢啊！」

「就晚上再來巡邏玩抓鬼遊戲就好了，早上沒必要吧？現在才在緊張有屁用？」蘭多蹲在角落。

「一開始就跟工班的人說了，會特地把兔子碎屍萬段丟在祭典舞台的人，一定是有什麼預謀，結果就只是修一修舞台叫我們繼續工作。」希瓦多抱怨著。狩獵對於這片大陸上的人類族群來說極為重視，獵人們會將獵物每一寸血肉澈底運用，以表對萬獸靈的尊敬

「不就是一開始太鬆懈了，被弄得這麼大，現在才要這樣全城戒備。他媽的要是一開始舞台被破壞時，不要以為是什麼醉漢惡搞，早一點準備就能把那些混帳吊起來。」格西道。

在舞台破壞事件後的夜裡，希瓦多跟號角特地選了附近的一家酒館喝了兩杯，然後不時地在廣場附近晃啊晃的。希瓦多對自己的直覺一向非常有自信，經常被捉弄的他也總能利用這份直覺抓到兇手，儘管最後還是會被對方擊倒在地。

一整夜的巡視，除了看見幾個醉漢在廣場草地上嘔吐以外，稱得上異狀的事件只有一個與丈夫發生爭執的婦女，一絲不掛地從巷子口裡跑出，兩夫妻就這樣大搖大擺地在希瓦多面前奔逐了一番。

儘管奔馳廣場一夜平靜，希瓦多仍不相信自己的直覺與判斷有問題，認為事情尚未結束，當夜入眠時他心中像掂著一顆石子，不斷著扎著他的所有神經。於是乎隔天獸史殿大門口再次發現了破壞事件時，希瓦多反而有些許喜悅。

獸史殿由灰色石牆所圍繞，除了主殿外還有數十棟其他用途的建築。主殿有著無數尖塔的石造城堡，由一塊塊巨型的黃褐色岩石鑿砌而成，從正面角度觀看，大大小小的門窗便有五六十道，全鑲嵌著茶色、綠色色系的玻璃造飾。最外側的石牆除了正門以外，約莫只有兩公尺高，每隔一公尺的距離有著一個獸頭雕刻，熊頭、鷹頭、鱷頭，近百個不同的造型圍繞著整座宮殿。

最外圍的正門由兩塊高度寬度皆為四公尺沉重黑鐵所打造，緊連著街道，鐵門看似無堅不摧，但其實大多數時間都是敞開、且無衛士看守的狀態，矮牆的高度更不像有刻意設防。鎔鑄在正門兩側的萬獸雕像，比起石牆的頭雕更為精緻，存在在這片大陸上的獸主們在工匠的巧手之下，盤踞在巨門之下用各種姿態張牙舞爪著。

這一夜過後，手握石塊做出投擲姿態的擲石猿沒了瞄準目標的銳利眼神、兩隻巨爪在前俯衝向下的熊爪巨鷹迷失了方向、擁有巨牙巨角的角蟒更失去了所有的辨認點，沒有頭的角蟒就只能是一條普通的蛇。三座雕塑的頭顱被鋸了下來，排在了正門之前，石牆上則留下了破壞者的訊息。

人類才是萬獸之主宰

利用獸血寫下的字體，讓醉漢與混混刻意鬧場的可能性頓時煙消雲散。追溯到數十年前，一派對於人與獸主之間存有疑慮的人們開始出現，有違於一般人對於萬獸靈的尊崇與敬畏，這群人主張人類在獵殺獸主後擁有取代獸主的能力，人類才是高其一階的存在。一開始這樣的言論動搖了不少民眾自小以來的信仰，直到後來這群人開始趨近瘋狂，推崇砍筏與開墾，利用減少獸主領地的方式達到狩獵的目的後，獸史殿不得不更正面的採取行動，將這一群體的人歸類於異端邪說，才得以將民眾的疑惑與不安給壓下。

也是在那段時間之後，白城內設立了鬥技場，開始有了無姓氏者這個團體，有別於衛士們的正當性，無姓氏者們所能承接的任務更加廣泛，在白城的黑暗側裡注入了一股新的抗衡勢力。

＊＊＊

「艾德在第七名耶，前十名都只差幾分而已，一樣要靠明天的追獵決勝負了。」卡露比攤開一張印有圖騰的木麻紙，上頭記載著五項體能競賽的總得分。

五項體能每一項各占十點，各項項目前五名者得十點、六至十名者得九點，以此類推，若能在所有項目都維持在前五名者可得滿點五十點。艾德的得點是四十三點，距離第一名的四十七點僅有四點差距，隔天的追獵項目共占二十五點，依然充滿機會。

「瑞爾你的成績在……」卡露比手指不斷向下滑動，終於在中段找尋到了瑞爾的名字。

「不要唸出來，我自己看就好了哈哈。」瑞爾搔搔一頭黑髮，上頭還卡了一些廣場上的草屑。

「站在舞台上喊這麼大聲，結果成績這麼下面，哈哈哈，太丟人了啦。」盧登看出瑞爾的苦笑，刻意用力拍打瑞爾肩膀：「還好有在二十五名內。」

「喊聲的是艾德不是我喔。」瑞爾看著自己第二十名，得分三十九的成績暗自慶幸了一番。

「來不及了，你沒看到你們在那邊大吼大叫的時候，其他地區的孩子臉上像被抹了屎一樣，大家都頂多叫兩聲而已，在上面喊要吃肉喝酒是想嚇唬誰？」盧登雙手依然搭在瑞爾肩上，自然地幫他捏著肩膀。「你明天比完要不要躲起來啊？成績太難看說不定會被其他地區的孩子抓出來戲弄。」

「不用吧？我不是都一直戴著面罩嗎？」

「對耶！你是天才嗎，你早就想到這一招了對不對？」盧登。

「你競賽的時候並沒有戴面罩。」查德一語中的。

「哈哈哈哈哈哈哈。」眾人在旅店喧鬧了一番，大人們安頓好孩童們便準備離開迎向夜裡的生啤酒。

有別於前一日的祭典在午後才展開，祭典的第二日一早街道便以喧喧嚷嚷，通往奔馳廣場的白磚路上，大大小小的攤販整齊地排列在兩旁，前一夜留下的滿地髒污在像被螞蟻被食蟻獸吸吮般，消失得一乾二淨。

白磚路上的攤販以食物為主，野味肉串最為常見，其次則為野果製成的各式甜品，商家們穿著著各區的傳統服飾，賣著其他村鎮的特產，但大部分的人都已轉居於白城，只有在祭典之際，才會再次回憶起自己的血緣與故鄉。

「月光鼠鼠尾串還是烤大山蠑螈？還是板甲龜湯？一大早要吃什麼好？」妮娜對著查德說，但並不奢望查德能給她任何回應。

妮娜的褐色皮革裝與男性的裝備較為不同，蛇皮不僅使用在手腕護具之上，亦裁製成各種紋樣縫製在皮革之上，紅褐色、墨綠色的蛇皮在妮娜的袖襬與領口繞出了波浪圖紋。

「板甲龜湯村子裡就有了。」查德回應，相較於水產類，深山野味在泰戈村裡較為罕見。

「有道理耶，我看看喔。」妮娜掏出自己的小錢袋，細數著自己用餌料從林根釣具店中賺來的零錢。「還好最近有努力打零工，嗯……啊！吃那個。」妮娜指向不遠處的攤販，攤位上插著裹上面衣炸得酥脆的馬肉捲。

「要去關心一下那傢伙嗎？」

「不用吧，他今天應該沒什麼壓力吧？」妮娜端詳著手上的馬肉捲，好奇麵衣裏頭的馬肉是如何包裹得如此扎實，發了幾秒呆後又道：「不對，他一直都沒什麼壓力吧？啊！可是前一段時間狩獵的時候他突然講了一堆奇怪的話，然後感覺他就一直怪怪的。」

「是喔，他說什麼？」

「什麼找不到動力認真之類的？然後說他不是很想參賽。你知道他在想什麼嗎？」

「不知道，沒聽說過他在煩惱什麼。」查德不知道從哪裡生出了一支烤鼠尾。

「終於也到了這個時候了嗎？十三十四歲也該到了啊。」邁爾突然從兩個人身後迸出來，粗糙乾澀的臉孔從兩個稚嫩的孩童中間竄出，畫面相當詭異。

「瑞爾叔叔你從哪裡冒出來的？」妮娜一臉嫌惡。

「要跟你們這些小鬼頭講幾次，我才大你們十歲多，不是叔叔。」瑞爾模仿著妮娜皺眉頭的模樣回瞪她：「算了，不管這個，瑞爾還跟妳講了什麼？他是不是喜歡妳？」

「蛤？什麼啦？沒有好嗎！」

「不要害羞嘛，昨天我帶食物要去找你們，看你們手牽手跑掉我還以為怎麼了勒。」

「誰手牽手跑掉？才沒有這種事！」妮娜昂起頭怒視邁爾。

對於孩童們而言，邁爾是個讓他們又愛又恨的存在。精力用不光似的邁爾喜愛承接大量的捕獵任務，孩童們最喜歡在他滿載而歸之際上前討些甜頭，而他也總是不吝給予。邁爾雖不是講師，卻常利用空暇時間參與孩童們的野外講習，但因邁爾的捕獵技術靠的全是他超越人類的體能，孩童們難以在他身上學到些什麼技巧。

妮娜這一群人是邁爾最喜愛的一群，其中最大的原因在於妮娜的脾氣。大多數的孩童面對邁爾的酸言酸語時，就像被突如其來的飛箭所驚嚇到的野兔，拔起腿來立刻便遁逃無蹤，只有妮娜會撿起箭回擲。

就像是追求著更兇狠的獵物的獵人般，比起遁逃的孩童，邁爾更喜歡捉弄會回嘴的孩子。

「怎麼臉紅了？」邁爾問道。一旁的查德只是靜靜地用嘴巴拉扯著自己手上的烤鼠尾。「算了，不管這個，你們等一下要幹嘛？要不要跟我一起去買東西？」

「等等要先去逐鹿之森，在瑞爾他們比賽前會去觀禮一下，在那之後沒什麼事。」妮娜道。

「嗯，那走吧，結束再一起去買東西。」邁爾甩了甩自己的錢袋，兩人瞭解他的含意。

在飽食過後，人潮開始緩緩移向追獵場地，查德與妮娜流徜在人流之中，幾乎看不見前方的道路，只能緊緊抓著最前頭邁爾的衣襬，像緊跟著母熊的小熊。直到通過奔馳廣場後，人潮才得以散開，映入眼簾的是五處被灰牆圍起的追獵場，岩石、草原、森林、沙丘與水池，分別對應了五種追獵項目。水池建設是將鄰近的河川引流自原有的自然低窪處所設置的仿造地形，其他四處則利用原有地形加以整頓而成。不論人工改造的層面有多少，這樣小區域裏頭能集結五種地形都讓人讚嘆不已。

追獵場設有十道大門平時從不關閉，以利生活在其中的野生動物能自由進出，但在追獵比賽進行時需要關上出入口，為請求居住在此的萬獸靈所原諒，都將進行一場名為束縛之舞的祭祀儀式。

五十名孩童正襟危坐在逐鹿之森正對著奔馳廣場的大門之前，身著墨綠色長袍主祭高舉著萬獸旗正唸唸有詞，後頭一整列的樂手正緩步行進，舉著鼓的男樂手只穿著綴滿樹葉的綠褲子，手持排笛的女樂手上身則多圍上了綠色的護胸，從遠處看來約莫二十人的樂手群就像一叢河床上的綠苔。

圍觀的群眾以正門為中心，圍出了一個漂亮的圓弧，所有人靜靜地坐著，看著主祭朝向大門緩緩地舉起了祭祀弓。

咻——聲劃破天際，裝置在箭矢上的鳴笛作響。聲響殞墜在森林裡的剎那，鼓聲轟然而起，藏匿在灰牆內側已久的舞者從門內湧出，舞者們以厚實毛皮包裹自己扮成了五種追獵的動物，鹿與羚的舞者頂著沉重的獸角依然翩翩起舞、鷹舞者拍打著鑲滿白羽毛的翅膀不斷迴旋，一旁狐狸舞者則踮著腳步不斷左右窺探，水獺舞者拖動著長圓形的大尾巴在眾獸之間急速穿梭，三十名舞者時而緊聚時而分散，或動或靜、或剛或柔地伴隨著樂聲舞動著。

伴隨著鼓點與笛聲的轉換，獸舞者開始圍繞著司祭舞動著，旋轉了好幾圈後不知從何而時多了好幾名一樣穿長袍的舞者，手持著結滿果實的樹枝緩緩甩動著，漸漸地獸舞者們各自跟隨著長袍舞者分成了兩群、漫步往左右鄰近的兩道門前進，當長袍舞者將樹枝置放在門內後，所有獸舞者奔進了門內，一聲喝斥之下，兩道門剎然闔上，音樂頓然而止。直到司祭對孩童們潑灑了夜桑葉的汁液、然後點燃了大門口前的火盆，正襟危坐的孩童們才開始鬆下弓緊的身軀，圍觀的群眾起身開始喧雜了起來。

「跟他揮手他都不理耶，哈哈，真的那個時期到了啊？」邁爾在人群中跟瑞爾對上了眼，人潮完全掩蓋不住他熊一般的體型。

「在認真聽規則吧，而且如果是我也不會想跟你揮手。」妮娜不改毒舌，圍觀群眾中不乏呼喊著選手名字的親友，一些孩子也熱情地揮手。

「有什麼規則嗎？不就是進去森林，然後找到鹿獵起來而已嗎？」邁爾語氣不像在調侃，像是真摯地這樣認為。

「認真要這樣說也不算錯啦，但就也不是這麼簡單不是嗎？」妮娜。

鹿的追獵從近午開始，一路進行到晚霞乍現之際或所有鹿群狩獵完畢為止。放置在森林裡的鹿隻一共九頭，共有三種種類，積點十五分的棕鹿是最常見的鹿種一共有五頭、二十分的黑毛白蹄鹿體型較小，擁有羚羊般的靈活速度，在逐鹿之森裡共有三頭。

由於所有孩童只能狩獵一頭鹿，因此所有人的目標都放在二十五分的綠苔鹿身上。綠苔鹿有著棕綠色的毛皮，頭上長的長角質地雖硬卻有著樹皮般的裂紋，綠苔鹿會刻意將鹿角抹上泥土，使鹿角保持潮濕而長出了一叢叢的綠色青苔。除了傲人的速度與敏捷度，綠苔鹿更是充滿智慧的偽裝者，在察覺危險之際，唯一一種會融入森林緩步逃脫的鹿種。

孩童們在主祭的引導下起身，五十個長袍舞者重新大門內走了出來，每個人捧著一張棕色的弓與裝著三枝箭的箭筒，整齊畫一地走向孩童，一對一的交與了弓與箭。接下弓箭的孩童像是同步化了一般，所有人取起弓來便是對著天空使勁一拉，遠處看來相當逗趣。

「喂！加油啊小子！」妮娜三人的不遠處，盧登的聲響壓過人聲，傳進了瑞爾耳裡。

瑞爾聽見熟悉的聲響，轉身露出六顆牙齒對著盧登稍帶尷尬的笑著，然後避開目光繼續試拉著弓箭。隨後在主祭的帶領下，瑞爾與孩童們沒入大門深處，消失在圍觀群眾眼前。

在目送參賽者進入森林後，追獵比賽進行之際，觀眾僅能在外頭乾等，這也是體之祭盛況比不過戰之祭的其中一個原因。於是乎觀眾逐漸散去，妮娜與查德也跟著邁爾去進行採購，等到傍晚再回來迎接瑞爾。

＊＊＊

「箭只有三枝而已耶，哈哈哈完蛋！」瑞爾道，在主祭關上大門離開後，大部分孩童依然停留在原地，如釋重擔似的開始跟著自己同村鎮的孩童談起話來。

「也沒有在你射完第一箭之後還會待在原地的鹿吧，基本上都一枝定勝負而已，而且就算沒射中，再回收就好了啊。」艾德總是正經八百，聽不出瑞爾的話只是為了放鬆心情。

「我想要從左側走，你要不要走右邊比較好啊？」瑞爾指向右側道：「離我遠一點，比較不會被我當成鹿射。」

「呵。」艾德冷笑。

「話說啊，古德鎮的那三個人很危險吧，他們戴鹿角帽不怕被我們誤射嗎？這種事很有可能發生吧？」瑞爾用手指偷偷摸摸地比著那三人。

「以前真的有發生過喔，還好沒命中要害就是了。」艾德揹起弓箭慢慢走了起來。

「真的假的啦！」瑞爾沒有得到艾德回應，就這樣待在原地看著他的身影沒入森林之中。右側的森林。

誠如這幾日來眾人對瑞爾的調侃一般，瑞爾也認為自己能獵到一頭鹿純屬巧合，甚至在心裡一直有個想法驅使自己在今天再次爬到樹上發呆，運氣來了便能再次碰見一頭鹿自己送上門來。但是瑞爾還是決定要努力去追獵，但與其他人不同的是，他僅僅只是想獵到一頭鹿來證明自己還是擁有狩獵的能力，哪怕只是最普通的棕鹿。

瑞爾踏入森林之後，其餘孩童大致上都已進入森林，瑞爾辨認著地上的足跡，努力搜尋一條尚沒有其他孩童前往的路線，行走了數十分鐘之後，才終於不再出現人類足跡，周遭也寧靜了起來。由於一路上沒有找到夜桑樹，瑞爾深怕方才主祭潑灑的夜桑樹液不足以遮蓋自己的氣味，於是乎他用沾了口水的手指判斷了下風向，開始往著風吹來的方向而去。

由於被牆給圍繞，森林裡的空氣遲滯而悶燥，冬季似乎完全被阻隔在外一般，除此之外瑞爾找不到任何一絲線索來證明這座森林原先是人工種植而成的。深入森林後瑞爾將揹著的弓改握到了手上，儘管一路上來沒能從地面的樹枝、葉片的灰塵上察覺任何一絲生物移動過的痕跡，他依然不疾不徐。

「咚咚咚、咚咚咚。」瑞爾模仿著方才的祭典鼓聲，頭不自覺跟著點了起來。舞者翩翩起舞的畫面在他腦中浮現，甚至開始幻想著樹與樹之間有穿戴著毛皮的獸舞者穿梭飛舞著。也許自己以後可以到白城的獸史殿裡找份工作，祭典時跳跳舞感覺挺不錯的，瑞爾心想著，不自覺哼起了歌。

小熊吃了老鼠果　一個二個三個還不夠
走過森林　走過山丘
小熊吃了銀鮭魚　一條二條三條還不夠
游過河川　游過湖泊
小熊長大想吃肉　一口兩口三口都不夠
挺起身來　跨起步來
小熊原來是隻兩足行熊

「不想狩獵可以不要來這邊嗎？」瑞爾腳邊的草堆突然講起話來，嚇得他一個踉蹌。

「啊！？」瑞爾渾身發毛。

「去其他地方啦，在這邊唱什麼兩足行熊歌？」草堆動了起來，下頭探出一張人的臉孔。瑞爾見到人臉眼瞼底下的爪紋，才深吸了一口氣將滿臉驚慌吸回肚子裡去。

「躲在下面太可怕了吧？」

「哈？」蟄伏在草堆下的女孩一聲吃笑，推開身上的偽裝探出半個身體道：「狩獵不好好把自己藏起來，跟你一樣大咧咧地唱歌跳舞就會有鹿衝過來給你打是不是？」

「妳的偽裝好厲害喔，我一直認真地在追足跡也完全沒發現。」瑞爾真心欽佩著。

「你們村的人認真追獵是靠著唱兩足行熊的童謠？你們是蝙蝠嗎？」女孩有著跟妮娜一樣的長金髮，只是上頭沾滿了草泥。

「哈哈哈哈哈哈，蝙蝠哈哈哈哈哈。」瑞爾大笑，一邊友善地伸出手：「妳好，我是泰戈村的瑞爾，薄霧．瑞爾。」

「你到底知不知道現在是什麼時候？」女孩拍掉了瑞爾的手。

「哈哈哈哈抱歉抱歉，不打擾妳狩獵。」瑞爾從一旁抓了幾把草，蓋到女孩的肩膀上，沒有等到女孩做出任何反應，瑞爾一溜煙地便跑走了。

各村鎮的狩獵傳統有著顯著的差異，但往往隨著年紀的增長其中的差距會慢慢減少，但孩童們就像是村莊特色的展示員，在森林裡使勁著用著屬於自己村裡的狩獵技巧。生奴村善於與獵犬一同追獵，但在沒有獵犬的情況之下，反而更喜歡節省體力埋伏獵物，探出一條獸徑，消除氣味持著弓，靜靜地等待著獵物悠然走過、抑或是被其他孩童驚嚇過後奔馳而過。

隨著體力的耗失，瑞爾覺得森林裡的時間變得越來越黏稠，膝蓋的關節更像是整個被黏附住了一般，舉步維艱。一路走來瑞爾又因察覺遠處有其他孩童而變更路線了兩次，不自覺開始認為在這樣的森林裡有其他四十九個帶著弓箭的孩童未免也太過危險。瑞爾的內心世界各種小劇場不斷上演，直到自己回過神來時已經帶著一把野樹果坐在樹上休息了起來。

今年的體之祭是瑞爾覺得最無聊的一次，大費周章的跟著車隊來到了白城，完全沒有時間好好享受泰戈村所沒有城市氣息，反而還必須窩在森林裡一整天。

「你聽說過萬獸靈的耳語嗎？」在決定參賽名單後的某一日，瑞爾問了艾德。

「狩獵的時候耳邊的那個聲音嗎？」艾德的語氣比起在討論傳言，更像是在說著親身經歷。

「嗯？」

「嗯什麼？，你不會沒聽過吧？」

「痾……沒有。」瑞爾像偷魚的貓般，壓低了音量。艾德聽聞後沒有任何反應，就好像一點也不意外似的。

「怎麼了嗎？」

「我媽說過，如果不用心在狩獵上的人，是不會被萬獸靈給庇護的。」艾德雖然相當獨立，但時常會提及自己母親。「你是不是都沒有在認真狩獵？或是心存不敬？」向來不太有情緒的艾德突然皺起眉來，對他而言狩獵是一件相當莊重的大事。

「雖然狩獵技巧不是很好，但也說不上是心存不敬吧？嗯……」瑞爾雙手抱著胸頓了一下道：「所以說萬獸靈的耳語到底是怎樣的一種聲音？」

「就很像杜鵑鳥輕輕地飛過你的耳際，牠的尾巴輕輕地刮過你的耳朵，嗯，大概是這樣的感覺。」

「不是直接告訴你要專注去狩獵嗎？」

「不是，但就是覺得那聲音要你這樣做。」艾德講完自己點點了頭，好像對自己的形容非常滿意。

杜鵑鳥搔著耳朵，這怎麼想都跟聲音搭不上任何干係吧？在樹上的瑞爾此時才察覺到這形容有多麼詭異。簡單果腹了一下後，瑞爾像隻學爬樹的小熊抱著樹幹慢慢滑到了底，甫落地之際，後頭草叢一陣騷動。片霎之間瑞爾似乎見到了一對鹿角，壓低身形拎著弓箭便衝上前去。

一組新鮮的腳印終於出現在自己眼前後，瑞爾開始愛上了待在樹上所能帶給他的運氣，也許待在樹上時吹過耳邊的微風就是萬獸靈的耳語，只是自己愚鈍到沒能察覺就是了。

從腳印的大小判斷，應該是一頭棕鹿，一個不會有太多競爭對手、又能讓他帶點成就結束這場比賽迎向白磚路上誘人美食的理想獵物。他右手持弓、深吸一口氣順便吸吮了嘴邊的口水後鑽進了樹叢。一頭中型的棕鹿悠然地啃食著嫩葉，咀嚼時厚實的嘴邊肉規律地上下抖動總讓瑞爾忍不住多看了幾秒。正當瑞爾從背後拉出箭矢時，棕鹿抬起來頭警覺地豎起了耳朵，但並不是面向著瑞爾。另一邊草叢出現了一個人影，正緩緩接近著棕鹿，那拙劣的步伐發出了像朝食嚼著沉默樹皮般的聲響，就連遠處的瑞爾都能聽見。

棕鹿拔起身來，一個蹬步便往後遁逃進了森林，一切動作僅在一瞬之間。「媽的。」瑞爾暗啐一聲。看著另一個人影也跟著鹿遁逃的方向追去，那人雖沒有穿著不適合狩獵的寬鬆綠衣，但從四條辮子與綠髮帶中瑞爾得知那是洛洛村的孩童。

大概跟自己有著一樣的想法吧，不擅長追獵的村童們，能狩到一頭棕鹿就夠滿足一陣子了。

循著一人一鹿的蹤跡，瑞爾緊跟在後頭，雖然不想成為搶別人獵物的壞孩子，但他認為憑另一個孩童的技術是獵不到這頭鹿的，因此趁機出手的自己也不算太壞。追趕了數十分鐘，另一個孩童停下了腳步趴伏在地，正窺探著正前方沒有察覺到瑞爾的到來。瑞爾的視野內見不到棕鹿，於是他踮著腳步慢慢往右側移動，試圖從另一側尋找更良好的視野。

就讓他一枝箭吧，第一箭如果沒射中，自己就要立刻補上。瑞爾暗忖，弓著身移動之際手指已扣在了弓弦上。登上了右側的一座小丘後，從制高點瑞爾終於看見棕鹿，棕鹿看似被追趕了一整天，但應還有氣力奔跑，此時雖仍警戒著卻不尋常的停下了腳步。

也許是錯覺，瑞爾覺得小丘上的空氣比低處清新許多，全身緊繃了一整天，再過一會就能夠歇息，想想就覺得輕鬆。瑞爾稍稍拉緊了弓，將箭頭對向了棕鹿，等待著另一個孩童的射擊。

正在此時，瑞爾注意到了棕鹿的後方，又出現了一個孩童。第三個孩童藏身在了樹叢之中，弓箭依然背在背上，舉手投足間感受不到任何狩獵棕鹿的慾望，也許只是正巧撞見了洛洛村孩童在狩獵，停下腳步研究了起來。

三個孩童形成了一個三角形將棕鹿圍在了正中央，所有人都在等著第一枝飛箭劃破這一場寂靜的對峙。瑞爾屏氣凝神，甚至在心中為洛洛村童打氣著，此時的他可能正努力止住手指的顫抖，要將箭頭的準心壓在棕鹿的心臟上。

四方的對峙就這樣持續了數十秒，直到制高點的瑞爾發覺了這一切的不對勁，終於了解了棕鹿停下腳步的原因。

瑞爾的腎上腺素突然激升，比起在駒止湖的那一次，此時就像有驚滔駭浪在衝擊他的胸口一般，讓他手腳發麻，瑞爾幾乎不敢呼吸，感受到額角一顆汗珠正緩緩滑落，不僅手腳、頭皮甚至也發麻到快把頭蓋骨給衝開。

瑞爾又深吸了一大口氣，右手拉開搭著箭矢的弓弦直到抵住了自己的右臉，他慶幸自己在制高點上才得以看清這場對峙，這場從來都不是四方的對峙。

咻！

山丘上一道銀光乍現，唰地一聲刺出了一陣悲鳴。

棕鹿一個驚懾，嚇得重新竄進了森林裡，不知所措的牠完全不知道發生了什麼事、洛洛村孩童的箭頭垂到了地上，失去了射擊目標的他摸不著任何頭緒、旁觀的孩童摳了摳自己的臉頰，對於眼前突如其來的插曲興趣盎然。

只有瑞爾知道自己做了些什麼。十秒鐘前，當所有人目光專注在棕鹿身上之際，嗅覺靈敏的狡猾傢伙察覺到了來自兩側的人類味道，於是壓低身軀將自己藏身在了草叢之中。

因為沒有風，薄薄的白雲就像幅畫般靜止在空中一整個早上，也因為沒有風，樹木荒草定格在原地當著沉默的背景，就因為沒有風，綠苔鹿不再能隱密地在草木間潛行，牠的移動在靜默的對峙之中變得格外突兀，於是乎躲不過來自制高點的目光與這一箭。

高處是不是我的幸運處啊？不會吧我真的獵到綠苔鹿了？珍薇姑姑是不是會很開心？這次邁爾叔叔可以閉嘴了吧？是不是要拿第一名了啊？泰戈村的孩子有在鹿的追獵年拿過第一嗎？

奔向綠苔鹿的同時，瑞爾的每一則想法像是有了自己的生命，瘋狂地從他的腦中鑽闖，每當他想思考某一個問題的答案，另一則想法立刻不甘寂寞地竄了進來。但當自己終於來到了綠苔鹿的旁邊時，所有想法突然煙消雲散僅留下了一個疑問。

「我究竟什麼時候準到可以一擊斃命了？」瑞爾咧著嘴望著天空傻笑了一番。

今天果然沒有風啊。

* * *

哈　喝　哈　喝　天無雲　漁人右手划槳　氣勢萬鈞
吼　嘿　吼　嘿　地無風　漁人左手擲叉　迅疾如雷
小鮭魚　莫出遊　今日暫且家中留
波光粼粼湖面上　漁人呼息如戰鼓
悠悠墨綠水底中　魚蟹無處可遁逃
勿鬆懈　且當心　今夜泰戈漁人大啖魚肉飲酒慶豐收
吼　嘿　哈

星空燦爛的夜裡，終於吹來了這個冬季的第一陣寒風，泰戈村的歌曲在白城的近郊處歡騰響起，大人們將瑞爾的綠苔鹿作為主食，又各自提供了不少野味，召開了一場營火宴會，除了泰戈村的村人外，一些來自其他村鎮人們也被邀請了過來，有些是村人熟識的朋友，有些則只是酒館裡遇見相談甚歡的人罷了。

「瑞爾，綠苔鹿的鹿皮跟鹿角大家幫你處理好了喔，明天早上再拿給你，記得提醒我喔。」卡露比用力拍打了瑞爾好幾下，一臉微醺道：「你有沒有在聽啊？」她罕見地喝了酒，這一次體之祭結束後自己終於能卸下講師的身分，將責任交付給下一個輪替者。儘管不討厭這職務，如今還是有著終於卸下一件麻煩事的心情。

「叫珍薇用鹿皮幫你做一套新衣服吧，剛好冬天也要到了。」盧登從一開始就瘋狂地在喝酒，臉上卻依然不見一絲湛紅：「長大了啊，快可以自己生活了，這樣珍薇就可以改來白城生活了，你看她一直待在泰戈村裡搞那些測量圖是能幹嘛，我們村又沒有要新蓋什麼大房子。」

盧登的話被瑞爾當成耳邊風，他用著手指在地上寫著數字，再一次計算了一次自己體之祭的成績。綠苔鹿的二十五分再加上自己五項體能的三十九分，合計六十四分，而今年體之祭的勝利者並不是獵到綠苔鹿的自己，而是白城的另一個孩童。五項體能四十五分，再加上二十分的黑毛白蹄鹿，合計六十五分。

就只差一分，如果自己攀升攀降多練習一點，今年就會優勝了吧。看著大伙因為他獵到了綠苔鹿而辦起了宴會，這一分差更是讓自己加倍地不甘心。人生中第一次，巨大的成功就出現在自己唾手可及的距離，卻因為自己的基本功不夠扎實而錯失了機會，這一分差讓年幼的瑞爾心中刻上了一道印記，不斷地在他往後的人生裡，提醒著他努力與把握當下的重要性。

第三章　搗毀祭典的極端惡意

獸曆一二八年、冬。

瑞爾握著胸前的吊飾，一對由綠苔鹿角磨製而成的彎月形吊飾，望著天吐了一大口氣，這一年以來，雖然稱不上是埋頭苦練，自己倒也紮紮實實地訓練了自己體能與肌耐力，對於最不擅長的攀登攀降也好好地加強了一番。對比起去年的冬天，今年體之祭開始時，寒氣已經凍得驚人。

但這些都比不上瑞爾心中的那股刀割針扎般的寒氣。

如同往年一般的參賽者介紹，人聲鼎沸的奔馳廣場上，孩童們一一站上舞台接受歡呼，當司會者唱到泰戈村的名字時，瑞爾一度想轉身假裝去買些燒肉捲，來掩飾自己心中的尷尬。儘管身旁的這些人沒半個人知道他內心的掙扎點。

在去年的落敗之後，瑞爾學習更有規律地去安排時間與訓練，而非像以往般的在森林裡胡跑胡竄一整天來消耗精力，一開始雖然引起了莉莉絲極大的反彈，但在發現藉由林間奔馳的訓練，在森林裡移動的距離變得比以前更遠、到達的地方比以前更多後，莉莉絲開始不再抱怨，甚至比以前更加瞧不起那些還在溪邊抓魚的同歲數孩童。

長時間下來，瑞爾感覺自己在森林裡變得更加靈活、肌肉也更加結實了一些，滿懷著再次挑戰體之祭的期望之際，卻忘記了同行的其他兩人也跟著茁壯了起來。

「泰戈村代表，鐵礦．查德！」司會者唱名，查德只是悠悠地揮了揮手，情緒平淡到瑞爾想衝上台把他拽下來。

「泰戈村代表，白楠木．妮娜！」司會者道，妮娜用著比查德更慵懶的頻率揮手，速度媲美樹懶。

見到妮娜也這樣，瑞爾在台下止不住笑意，去年來自泰戈村的勝利宣言，至今仍記憶猶新，憑藉著瑞爾的綠苔鹿，勝利宣言得以不被當作笑話看。即便當初站在舞台上大吼的是艾德，但一切源自於瑞爾不脫下面罩，於是這一年間勝利宣言變成了泰戈村人調侃瑞爾的方式，瑞爾也順理成章的立下誓約要再站上奔馳廣場的舞台，怒吼出更懾人的宣言。

如今兩個好友站在台上揮手的速度越慢，瑞爾越是覺得心如刀割，發覺他倆正努力在人潮中搜尋著自己的身影，瑞爾索性蹲低身姿，藏身在前方一個禿頭大叔的背後。

今年的講師由賈昆負責，賈昆書生氣息的面容，除了膚色以外幾乎看不出任何一點漁夫的特徵，雖稱不上討厭，但孩童們明顯不喜歡賈昆中規中矩的講堂規劃，與前一年的卡露比相比，他就像個執行公務的工作員，沒帶著什麼特別情感。體之祭前最終的水獺追獵活動對比其他項目，是件相當容易的差事，旱鴨子在泰戈村之中幾乎不存在，像郊遊一般，帶著孩童們到靜思湖畔，三天的時間利用魚叉捕獲的鮭魚總重量最重者獲勝。甚至不用費計苦心尋找水獺的棲地來讓孩童訓練，泳技、漁獵技能高超的人，自然而然能在白城的仿造湖之中追獵水獺，這一點點自信泰戈村人還是有的。

遙想起去年在森林裡遊晃了三天，連頭鹿的影子都不曾看過，對比之下今年在湖裡瞧見的浩浩魚群，大夥備感欣慰。在靜思湖的湖邊小屋連吃了三天的鮭魚之後，才終於由年長的兩個孩童在耐久戰中獲得了獲勝。

＊＊＊

摩肩接踵的白磚路上同以往一般，孩童與成人各半，為了不同的目的將自己埋進了人群。月光・陶昂剛搬完大量貨物而滿身大汗，因為寒風冷冽，陶昂只能將汗水悶在鹿皮大衣裏頭，試著大口呼吸和緩過來將體溫降低。比起去年自己只是負責搬運貨物，今年大多數的毛皮都是陶昂一人獵來的，月光・米倫跟丈夫月光・道卡斯兩人已規劃好了路線，在春季就會踏上征途。

「今年的衛士是不是有點多？」陶昂抖著領口，讓空氣竄進大衣。

「嗯？」米倫環顧四周，這才發覺每隔幾棟房屋便有一個穿著綠色皮甲的衛士站崗著。「有什麼大人物要來嗎？」

「蘆葦草啦，蘆葦草會。」陶昂前方一個禿頭大叔轉身道。

蘆葦草會在這個夏天的戰之祭結束後突然竄了出來，惡名昭彰到就連最北邊的生奴村也多少有耳聞，蘆葦草會的名稱取自於四角羌獸主蘆葦草．多德之名，組成成員不明，但大多是從前線退卻下來，卻仍心有不甘的人們。

在蘆葦草．多德成為四角羌獸主之後，四角羌成了暴躁具攻擊性的生物族群，將通往西方的主要道路給封鎖住，一些關於多德的謠言紛起，有人說他是個為了獵獸主會不擇手段的傢伙，認為人類才是主宰，只要透過伐林開墾的方式縮減萬獸的棲地，就能快速地擴展人類活動領域，不至於一直被侷限在這小小的東南端。

如今四角羌在他的意志驅使下變得狂暴，便是他為了逼迫此後的狩獵者選擇北方的螺旋山脈或藍狼森後的菌絲叢林作為主要路線，迫使人類去面對這兩道不透過破壞根本無法攻克的險峻地區。

「他們又做了什麼嗎？」米倫的問句才從嘴邊出了一半，禿頭大叔便被人潮給帶走，來不及聽清楚她的問題。

「是誰跟你說工作的時候可以吃東西的？」阿莉亞與月光家族的三人擦肩而過，對著他們後頭的希瓦多道。

「這也是工作的一環吧，站得直直地盯哨那種鳥事交給那些弱雞衛士做就好了，我們的任務不就是潛伏在人群裡面探查看看有沒有異樣嗎？拿著肉串不是更能融入大家嗎？」希瓦多雙手沒有纏著當護腕使用的黑色綳帶，僅穿著單薄的小皮革衣。「還是妳想吃？」希瓦多將肉串舉向阿莉亞，差一些沾上她耳際的白髮。

「不用，你多注意一下周遭就算幫大忙了，這幾週整個太平靜，如果有出現一些挑釁跟警告就算了，越是安靜感覺越不對勁。」

「我也知道，感覺不是今天晚上就是明天，那一群人一定會做些什麼。」希瓦多作勢擺擺頭環顧四周繼續道：「但我一整個早上除了發現那一家的烤大山蠑螈大隻得不像話以外，還沒發現什麼異常，話說今年的新攤販也太多了？」

「到底是有沒有在認真工作？」阿莉亞搖搖頭離開、擠開人群鑽進了小巷弄。

「你們吵架了喔？」號角嘴裡叼著煙草邊朝著希瓦多走來：「她搖頭搖成那樣，你又做了什麼？」

「沒什麼，就她說我工作都在……」希瓦多話還含在嘴裡，看見號角從人群中鑽過來，右手抓著一隻雞腿肉，忍不住笑意道：「她說我們工作的時候都沒認真，一直在吃東西而已。」希瓦多舉高肉串對著號角搖擺。

「嘿，好險我剛剛不在哈哈。」號角說話時，嘴巴叼著的煙草上下擺動，但總看不到嘴巴明顯地開闔。

「我買肉串的時候，也一邊在問攤販有沒有留意到什麼怪異的人，那裡在偷懶了？」希瓦多呆笑了幾秒，他買肉串時除了叫攤販商人挑一支最大的給他以外，什麼也沒問到。

「說到這個，我剛買這個的時候，攤販老闆娘跟我說昨天一大清早的，有看到幾個熊鎮人打扮的人載著幾個大木桶，感覺很可疑。」號角沒等到希瓦多發問，自顧自得繼續說道：「熊鎮的載紅酒來白城是蠻正常的，但是老闆娘說他們幾個看起來很面生，重點是……」

「重點是？」

「木桶不是橡木桶的，看起來像是普通的松木桶。」

「太可疑了，這太可疑了，知道他們載到哪一家酒吧嗎？」希瓦多大口嚼著肉，滿嘴油膩道：「是蘆葦草會的人也好，不是也罷，我們都有責任去查清楚這件事。」

「我再去問一次攤販老闆娘。」

「一起去吧，這件事太重要了，如果是蘆葦草會的人那就立大功了，如果不是的話，我們也必須知道哪一家酒吧居然賣松木桶裝的紅酒。」

「呵，走吧。」兩人相視而笑轉身，視野突然一齊停住。

人潮的那一端，鬼鬼祟祟的阿莉亞手持著一隻特大號的烤大山蠑螈。

＊＊＊

不知道北方是不是今年有機會下雪？瑞爾縮著脖子思考，根據長者的論述，從生奴村的最北端，可以望見北方的遠山一片白雪皚皚，不同於北方森林的冬季粉雪，長年冰封在冰雪之中的北方大山仍是充滿謎團的地區，據說在那邊生存著比水牛還要大五倍的長毛怪物，還有可以一掌拍碎大樹的大熊。

比起在同一個地區追逐著相同的獸主，這片大陸上的謎團更令瑞爾感到興趣。小時候的他常幻想自己會安然無恙穿越菌絲叢林，成為第一個跨出菌絲叢林，帶著藏在那團紫黑色的巨大森林後頭的祕密，回到泰戈村接受眾人的喝采。

他的幻想千奇百怪，唯一不變的場景是一場在泰戈村裡的慶功宴會。

「好無聊喔，一點都不有趣。」莉莉絲用她圓滾滾的身軀在草地滾啊滾。「什麼時候可以去逛市集？」

「哈哈，等一下啦，等他們倆個上場，多少幫忙喝采應援一下，快輪到他們了，等他們結束我就帶你去。」瑞爾也跟著在草地上滾啊滾的，因為兩個好夥伴都參賽去了，今年的自己感到些許寂寞，所以邀約了莉莉絲來作伴，儘管在這洶湧的人潮中要看顧她並不容易，但九歲的她也變得更懂事了一些，不像以往般讓人如此不放心。

岡札雷斯至今的人生都努力在工作、訓練與照顧莉莉絲三方間取得平衡，瑞爾一行人能帶著莉莉絲東奔西跑卸下了他不少壓力，這一次願意帶著莉莉絲來參與體之祭的慶典更讓岡扎雷斯由衷的感謝。

「啊啊，換查德了。」莉莉絲相當雀躍，因為查德的出場代表她距離美食更近了一步。

「比我慢你就不要回來！」瑞爾對著站在鳥巢建築前伸展筋骨的查德大喊，即便查德沒有轉身，瑞爾也從他頓了一拍的小動作明白到自己的話語有成功傳遞到了他的耳中。查德順手一揮，走進了建築中心。「是在耍什麼帥？」瑞爾碎念。

陰冷潮濕的冬季，即便是正午時分也因厚實的雲而看不見一絲陽光，白磚被人們沾滿泥濘的鞋子踩成了灰黑色，完全融在了一片灰濛之中。然而熙攘的人潮卻完全沒有受到天氣半絲影響，所有人歡騰著、攤販吆喝著努力兜售商品。

「要先去哪裡！？」莉莉絲蹦跳著，差點撞上一個甩動獸皮兜售著的商人。

「妳慢慢走，等一下走丟了我可沒辦法找到妳。」比起去年，瑞爾又長高了一些，但十四歲的自己在這人潮中完全看不見前方，只能盯著前面大漢的腰帶暗自期盼大漢要前往的地方與自己相同，以便為自己開出一條路。「啊啊，先說好喔，如果走丟了就到奔馳廣場攀登比賽場地，剛剛我們待的那個草地會合喔。」

「瑞爾哥哥你太愛擔心了吧，跟我哥哥一模一樣。」

「抓緊我的腰帶啦，再一下子快到了。」

「所以說到底要去哪裡？」莉莉絲問，瑞爾始終保持沉默，將所有精力集中在步行之上，直到終於抵達目的地。

「第一站吃這個！」

「喔？」沒等瑞爾解釋，莉莉絲試圖運用她矮小的身高優勢鑽進攤販前的大量人潮，卻因為豐滿的體型而不得其門而入。「是什麼是什麼？」

瑞爾跳了幾下，試圖看看攤販的狀況然後轉頭回應道：「白蟻。」

莉莉絲皺起眉頭，像一顆失去水分的胖蘑菇。即便知道白蟻是野外生活的養分來源，但嚐過一次白蟻的她對這一不小心就會竄爬全身的小傢伙們沒太大好感。

「哈哈，是專門飼養的白蟻唷，跟野外那種小小隻的不太一樣。」瑞爾又探頭了一下，確認自己有擠在排隊的隊列間後繼續說道：「西北方的城鎮有專門養球型白蟻的地方喔，他們會在找一片平坦的地堆大量的黃沙，然後定時丟大量的木屑木片然後讓它們發爛，吸引附近森林的球型白蟻築巢產卵。」

「喔？」胖蘑菇眉頭依然深鎖。

「白蟻會一直蓋蟻丘，堆得像一座小山一樣，最大的蟻丘比邁爾叔叔還高喔。」瑞爾伸長手比劃著：「然後等到白蟻長肥了之後，鑿幾個洞用棕梠葉蓋滿整個蟻丘，等到濕度變高快下雨之前，成年的白蟻就會大量鑽出來。」瑞爾十指在莉莉絲面前抖動、試圖模擬出白蟻布滿天際的畫面，反而被她拍開了手。「之後就把棕梠葉拿到一個超大的盆子裡面拍打，把所有的白蟻拍進盆子收集起來，就是這家攤販賣的食物了！」

「所以就是白蟻不是？」

「是長得很肥的球型白蟻。」瑞爾道，見莉莉絲依然不感興趣又補充：「利用莓果沾上大量的白蟻與麵衣，油炸之後再加上蜂蜜調味的甜點！」

「啊啊啊！莓果。」莉莉絲眼睛綻出光芒，瑞爾終於等到他期待的反應。

白蟻莓果酸甜的滋味還殘留在嘴裡，莉莉絲右手又已拿上了一串烤螺肉，雖然瑞爾告訴莉莉絲岡札雷斯委託給他不少零用錢，但其實自己早做好了要動用自己積蓄的打算。

大雨將至前的空氣中帶著霉味，又或者這股霉味只是周遭人們的獸毛皮與骯髒麻布衣互相摩擦而散出的黴菌，如今的人群比起白蟻攤販更加密集，所有人在飽餐過後趨步前往一旁表演的小舞台。莉莉絲在人群後頭跳啊探的，看不見半點東西，直到身旁一個大媽看見，才一把抓住她的肩將她往前塞。

「讓一點位置，後面還有小孩。」大媽的聲音像有魔力一般，前方的人群鬆開了緊鄰著的肩膀，開出了一條小路來。

「謝謝！謝謝！」莉莉絲拉著瑞爾的手在小路中擠著，果然她圓滾滾的身軀不適合在集市中生存。

穿越人潮森林後，終於迎到一道日光，最前方的位置裡，大人們退開了半步，讓孩童們圍在最前方席地而坐。小舞台的四個角落各架著好幾根大樹幹，交錯牽連著數條粗樹藤，地面上則置放著三四個草叢造型木板，背景則是山谷的畫飾，舞台上幾個樂手正做著準備。

當兩人終於挪出一個位置坐下後，鼓聲乍響，讓吃著烤螺肉的莉莉絲抖了一下。兩個獵戶裝扮的演員，隨著音樂節拍連續翻了幾個撤手翻進場，隨即掏出獵弓作勢一射，一聲淒厲的雞叫聲草叢中噴出了大量羽毛，逗得孩童們哈哈大笑。

隨著兩個獵戶音樂加速而疾走，一路撞開了鹿、射殺了熊，身上的裝扮也不知在哪次的翻滾之中悄悄換上了獸皮衣。剎時間曲風丕變，背景的山嵐間傳出低沉吼叫，一道道黑影瞬過。

「喔喔喔！」莉莉絲雙手握拳興奮地發出低沉的歡呼聲，讓瑞爾會心一笑。

一道石影飛出，彈射到了觀眾席上，最前排的孩童們驚呼了一聲。三頭滿布黑色長毛的猿猴拉著樹藤在空中迴盪著，接連又飛擲出了數道石影。

兩個獵人張著獵弓對著上空的擲石猿在舞台上環繞了兩圈。「上啊，上啊！」不僅僅孩童們鼓譟，大人們也跟著喊著，似乎是刻意要煽動群眾更多的情緒，獵人們刻意墊了幾步，又繞了兩圈。突然間飛石再次從擲石猿那巨大的不成比例的手中擲出，獵人靈活的側手翻了幾圈躲開了全部石頭，配合著音樂群眾們情緒整個沸騰到高點。

咻咻兩聲，獵戶的冷箭回禮般地射出，最遠的兩隻擲石猿中箭墜地，落入了草叢布景之後。正當獵戶們將最後一隻擲石猿逼入角落之際，曲風再次變化，變得更加驚悚且沉重。

頭頂著草冠的黑色身影從右後方的樹幹中緩緩現出，低沉的鳴吼配上巨大的雙臂，擲石猿獸主的妝容寫實得讓一些孩童們驚嚇到叫出聲來。面對威壓感十足的擲石猿獸主，兩個獵戶拔起箭來便射，卻被牠輕鬆打掉。一顆飛石射出，一個獵戶即刻被打進了布景之後，退出了這座舞台。

剩下的一個獵戶與擲石猿獸主在舞台來來回攻防了幾回合，最後獵戶持著一個撲身刺向了擲石猿獸主，擲石猿獸主舉起牠巨蟒般的雙臂往空中一抓，獵戶直接被定身在空中，頓時音樂驟停，兩者彼此對望無語了近十秒，所有的觀眾也屏息以待著。

最終擲石猿獸主一聲爆炸式的怒吼，咬上了獵戶右肩後將他拋進了布景之後。擲石猿獸主轉身面向著所有觀眾，接連又是三聲爆炸性的怒吼，布幕驟然降下。

剎然歡聲四起，孩童們起身開心的在原地跳躍著，掌聲足足持續了數分鐘。

在一片掌聲之中瑞爾黯然思考著，被咬傷右肩的獵戶，總覺得有點熟悉。

「明天還有一場唷！是兩足行熊的故事唷！」瑞爾拍拍莉莉絲的肩，看著她雀躍無比的背影，心裡對於帶她來的這決定相當滿意。

＊＊＊

妮娜與查德憑藉著年紀的優勢，在五項體能上拿到了前段的成績。在今天寒冬的協助下，水獺追獵變得更加嚴峻，泰戈村人幾乎認定明日的勝利十拿九穩。

今日的妮娜與查德一直跟瑞爾保持距離，就連現在入夜了，兩人也為了保留明日的體力早早便回旅店休息了。在瑞爾的記憶之中，兩人的臉孔像是用雨天的裡的湖泊照映般，被斑斑雨點拍得模糊不堪，就連試著想像他們的身影都只能想起遠景裡的一個小黑影。原來去年自己一頭熱在參賽時，他們就是用這樣的角度看著自己啊，瑞爾若有所思。又或者這種情緒其實只是因為自己忌妒罷了。

「再一年就能喝酒了耶！」馬修嘴邊都是泡沫，勾著瑞爾肩的動作像是在摟著自己的妻子一般：「痾！」馬修打了一個嗝，酒臭衝進了瑞爾鼻腔。

「臭死了，這麼臭的東西誰要喝。」

「小孩子不懂啦，等明年你長大了可以喝了你就知道。」馬修醉醺醺地道，瑞爾趁機推開了他的手。

再經過一年，在十五歲的成年式過後就會愛上這充滿氣泡的黃色飲料，聽起來相當可笑，在他印象之中手持著啤酒的人都是一群粗魯的莽漢，再不然就是蹲坐在路邊用著最後一點點的意志努力讓自己不被嘔吐物給噎死的蠢貨。

獸曆一二八年冬，體之祭的第一天夜晚裡，各處的酒館在一片漆黑之中點上了門前的兩盞油燈，閃動著焰火照亮著旅人的道路，屋內的人聲一波一波的震散了黑夜，喧騰得甚至讓人分不清讓屋頂散著白煙的究竟是爐火還是人們的體溫。

薄帳棚阻絕不了雙親水乳交融的歡愉聲，陶昂索性回到城裡，意興闌珊地在酒吧隨意點了杯啤酒，對於鄰桌一群泰戈村人他並不在意，只期望著在酒杯見底之際自己便能萌生睡意。窗外旅人大步疾走著，每隔一段時間就會看見手持火把的衛士經過。

「上頭今天特別要求，看到有人有怪異舉動就攔下來盤查。」兩個衛士在酒吧窗前如是說。

陶昂轉頭望向酒館裡的人群，桌上一個大叔赤身裸體頭上戴著熊頭正跳著舞、幾個女人正在一個醉倒趴在吧檯的大漢頭上疊蘋果，最角落還有幾個青年丟擲著飛刀玩耍著，究竟現在在這白城之中，有多少人稱得上是舉止正常？

「啊不就只是一些濫殺野獸褻瀆萬獸靈的人？四處拿獸肉塊亂扔亂砸的白痴們，有必要警戒成這樣嗎？」某一個角落傳出的人聲，一群收工了的無姓氏者也窩踞在酒吧裡。

「反正收錢辦事，巡邏工作大部分也都是獸史殿自己的人在弄，我們留意看看有沒有什麼蛛絲馬跡而已。」希瓦多嘴上這麼說著，但因這幾天蘆葦草會的那夥人連些小挑釁都沒有，反而使得大夥有點不安，但也有些人認為因為巡邏的次數是往年的三倍，才會無風無浪。

「我等春天就要去獵獸主了，要去找擲石猿送死啊！」希瓦多的酒友說著，「如果撐個一年兩年沒有收穫，還活著的話就回來加入你們啊，我看你們無姓氏者過得這麼逍遙快活，每天喝酒就可以過生活了。」

「蛤？」希瓦多不解。不論是無姓氏者逍遙快活這點，還是認為自己可以在擲石猿領地附近生活一兩年這點都相當愚蠢，儘管他不想跟醉酒的人爭論，還是忍不住回了嘴：「嗯，你一個禮拜內就會被擲石猿幹掉。」

「他們如果真的覺得把整座森林剷掉就可以獵獸主，為什麼不到外面去做就好了？說真的藏在森林裡自己搞自己的，也很難被發現吧，在城裏面鬧事有什麼意義？」另一個女子問道。

「問他們吧，我們怎麼會知道，就真的是一群沒種出去外面生活的廢物，只能藏在老鼠洞裏面哭哭鬧鬧啊。」蘭多刻意放大音量，就好像酒吧某個角落正坐著一個蘆葦草會的人一般，聲音撞上了屋頂，在一片漆黑的屋樑回繞了一圈。

「要用開墾或破壞的方式，他們人手也不夠吧，所以需要引起注意吸引人家加入啊。」一名酒客在充滿髒汙的木桌上轉動著金幣。

「哦？」希瓦多對那男子產生了興趣。

「我也覺得開墾的手段快一點，還可以多增加我們的生活空間，現在白城已經連間像樣的酒吧都沒有了，到處的塞滿了骯髒的老傢伙。」阿莉亞把玩著小刀，桌上方才已經被她刻了隻小狐狸。「道現在都還不知道西邊到底還有些什麼，說不定很多遠行的人早就已經成功穿越過去，在另一頭建立的新的村落，只剩下我們還守這一塊小地方而已。」

「西邊的村莊啊，想想就讓人興奮，你說呢？」希瓦多看向玩耍金幣的男子。

「要套話也用一點邏輯好嗎？無姓氏者就一群放棄遠行的人，是要跟人家期待什麼西邊的世界？」男子對他們的對話不屑一顧，「是懷疑我嗎？不要拿我跟那些沒信仰的小老鼠相提並論，你個小王八蛋。」

「哈哈哈，別氣別氣，不是就好，來喝酒。」希瓦多遞上了一杯啤酒。

＊＊＊

白磚道上，瑞爾拖動著還在睡的雙腳，慵慵懶懶地移動著。

「妳再繼續亂跑，之後就不帶妳來了喔！」好不容易鑽過最擁擠的街區，莉莉絲脫韁野馬似地前奔而去，瑞爾在後頭喊著。

「我明年就可以跟大家一起來了好嗎？」莉莉絲吐了舌頭。

「錢袋在我身上，妳跑這麼快也沒用。」瑞爾說完才讓莉莉絲心不甘情不願地停在原地。

「那你快一點啊，趕快去買一些食物，我們才能帶去奔馳廣場那邊啊，不早一點去前面的位置都要被占光了。」莉莉絲天一亮便從被窩裡像熟成的酢醬草種子般彈射而出，在瑞爾耳邊製造了大量噪音好一大段時間才得以讓他睡眼惺忪地起身。

「不用著急，還有很久才開始，廣場那邊位置很大的，又不是看劇，不用搶位置好嗎？」瑞爾刻意擠出一個露齒笑掩蓋睡意，追獵儀式的主祭穿著綠衣在他腦海揮舞著萬獸旗，穿著獸皮衣的舞者緊隨在後，在他腦海裏頭歡騰著。看了四年一樣的舞蹈，要不是要為自己的同伴應援打氣，瑞爾實在提不起勁穿過奔馳廣場走那一大段路到追獵場地去。「先買早上吃的食物就好了，帶回去旅店吃，然後再趕過去水獺場地就可以了。」

莉莉絲沒有搭理瑞爾，探頭探腦地想找尋昨天沒能吃到的糖漬藍老鼠果攤販。所謂的旅店其實就只是間隸屬泰戈村委員會的空木屋，所有孩童一齊在裏頭打著通鋪度過這幾晚，對於一些孩童而言，床邊的嬉鬧時光總是令人期待，對於排他性極強的莉莉絲則不這麼討喜。

「一大早就在那邊急急急的，攤販又不可能一大早就賣光。」

「哼。」

巷弄中，當希瓦多從汙濁的酒吧角落醒來時，天已經亮了，白磚路上的人聲拐了個彎從窗間傳進。

「醒一醒喔，工作了喔。」希瓦多一個手掌拍上蘭多的臉，像揉麵團一樣揉著。「老闆，你就不能讓我們睡得舒適一點嗎？像垃圾一樣直接把我們丟進角落是怎麼樣？」

酒吧老闆從酒吧後的小門走了出來，一臉不在乎地說道：「是因為你們幾個是熟客我才讓你們待在裏頭的，其他不認識的醉倒在這邊我都直接搬到外面巷口，沒跟你們多收錢很客氣了，知不知道不把你們堆在角落我要清掃有多麻煩？」

「天亮多久了？」

「一小時有了，我說你們才在那邊講這幾天晚上可能會有人鬧事，結果睡到現在？鑲兩條狗在街上都比你們有用處。」

「我們三個已經守了兩晚上了，昨天輪到我們休息。」希瓦多環顧四周，沒看見阿莉亞。絲毫不感意外她把他們丟在這。

「丟給狗兩塊肉牠們就願意幫你守一輩子門了，還跟你談什麼輪班換班的？」酒吧老闆嘴巴唸著，沒再搭理希瓦多。

「是要睡多久？」當希瓦多跟蘭多來到街上與阿莉亞會合時，天已經全亮。

「要走也叫我們一下好嗎？」

「我昨天晚上就回去了，誰知道你們會在那邊睡到天亮？」阿莉亞瞥了一眼：「全身酒臭味，臭死了。你們有遇到號角了嗎？一早格西他們在找他？」

「沒，他跟灰狼兩個昨天負責晚上巡邏不是？」蘭多挑著紅髮裏頭的草屑，一個不察被人潮給擠到了邊緣去。

「嗯，格西說一早接班時就沒看到他們倆個。」

「不是在哪間酒吧鬼混結果喝死了就是被幹掉了吧。」

「你們倆昨天不是一起去調查？」阿莉亞從最初的對話開始，都不斷地伸展著筋骨，看在眼裡的希瓦多暗自覺得阿莉亞肯定也在哪胡鬧了一夜。

「嗯，我跟他去問一個烤雞肉的大嬸事情，她跟我們說有看到幾個熊鎮打扮的人很可疑，我們就去查了一下。沒查到什麼就是了。」

「熊鎮打扮的人？」蘭多從人潮邊緣擠了回來。

「嗯？你有什麼頭緒嗎？」

「有啊，你看四周……」

＊＊＊

一滴雨打上了瑞爾眼皮，灰濁的烏雲一坨坨的沾黏在天空上一整個早晨，終於敗給了重力而開始分崩離析。莉莉絲晨間開始的無聊憋扭，在一袋糖漬藍老鼠果的撫慰下頓時消逝無蹤，恢復成了一朵聽話的小蘑菇。

「好像快下雨了耶。」莉莉絲鼻頭也被濺上了幾滴雨。

「嗯嗯，反正天氣也不影響水獺追獵，不要在我們觀禮的時候下大就好了，走吧，現在去應該時間剛剛好。」

大街上的行人披著毛皮、肩並著肩行走，與木造攤販、建築一起形成了一幅茶褐色的風景。一個古德鎮的孩童頂著鹿角頭飾從兩人眼前奔馳而過，兩人下意識後閃了一步。除了這樣危險的鹿角綴飾，街上的行人背著的箭矢、鑲配的匕首，甚至扛在肩上的斧頭，亦在人潮迷宮之中增設了更多陷阱。但行人們不以為意，依然擠著竄著。

「燒餅跟饅頭你想要哪一個？」瑞爾看了一下莉莉絲。「饅頭好了，跟妳比較像，妳在那棵樹下等我一下，我去買，不准亂跑喔。」瑞爾語速驚人，絲毫不給莉莉絲任何回應機會。看著她小兔子般的蹬到了樹下，他轉身而去，絲毫沒有意識到周遭的騷動。

「這邊是集市負責人給的名單。」穿著綠色皮甲的衛士塞了幾張泛黃的紙張到蘭多手上。

「我看看，有辦法知道哪些是今年新進的攤販嗎？」蘭多用著手環上的山豬牙指著表單上的人名一個一個看著。

「沒有其他標示根本看不出來什麼，負責人在哪？把負責人一起帶過來啊。」聽聞阿莉亞的指示，衛士轉身便重新奔回了人群。衛士直屬於獸史殿，地位理應比協助性質的無姓氏者更高一些，但衛士們相當敬重他們執行任務的行動力，更無意招惹他們。

「你們兩個在這邊等他們，前面那邊有兩家攤販感覺今年第一次出現，沒記錯的話老闆也是熊鎮人打扮，我先去把格西他們都找來，他熊鎮出身的，說不定能看出什麼。」希瓦多道。

一隻停在樹梢上黑鴉轉動著眼球在街道上掃視著，發覺孩童們始終緊抓著手上的食物沒有絲毫給牠可趁之機後，拍振著翅膀準備往野林間尋求殘留的秋蟲。當牠的黑影劃過白磚道，一片老羽飄落了人群之中，沒有人在意，幾秒之後羽毛便被踐踏而過。幾個披蓋的熊皮斗篷的人影擠出人群，深埋在斗篷的雙眼正竊視著四周。

「集市的負責人來了。」衛士後頭跟著一個胖大叔，帶著商人標準配備的大肚腩吃力地快步走著。

「你知道哪一些是今年的新攤販嗎？他們提出申請的時候有沒有什麼特別的地方？」阿莉亞說道。

「全部的部分我記不太住，但是有幾家我大概還能知道。」胖大叔用指甲敲打著牙齒繼續比劃道：「比較近的就這一攤跟這一攤，還有在第二街區那一區的這一家，還有一家應該在……我想一下。」

「除了位置的部分，你再幫我們回想一下他們有沒有什麼特別的地方。」

「特別的地方啊？今年好像好幾攤都是熊鎮打扮的人，因為往常都是白城這邊的人在做食物攤販的生意而已，很少有其他鄉鎮的人來花時間在這邊搞食物這些東西，大家都只是賣賣毛皮、酒啊、陶器什麼的而已。」

「果然又是熊鎮。」阿莉亞說完探頭找尋著希瓦多身影。

「你怎麼確定他們都是熊鎮的人？」蘭多追問道。

「你要說確定，就也不確定，只是他們不是白城這邊的居民，全身配飾不是熊皮就是熊牙的，當然覺得是熊鎮的人啊。」

蘭多還在與負責人確定著新攤販的位置之際，阿莉亞看見了人群之中一個油亮的大光頭，格西緊跟著希瓦多走著，在他一頭如瀑的長黑髮映襯下，格西的禿頂更顯牛山濯濯。儘管兩人的實力跟髮量呈反比。

「其實你說的攤販我有留意到，但是硬要說他們是熊鎮裝扮也很奇怪，不是熊鎮的人也很多會穿一堆熊皮在身上啊。真的要辨別還是只能看有沒有刻家徽的熊牙而已。」格西邊說邊走。

「總之只能一個一個查了啊，不然也……」希瓦多語音仍懸在空中，「嗚」地突然一聲號角聲硬生生衝破人群，覆蓋過所有人聲。

「什麼鬼？」

街道因為莫名的號角聲騷動了起來，群眾們意會有什麼特別活動而引頸期盼著，衛士們面面相覷充滿疑惑，幾個人影奔逐了起來，開始往聲響的位置而去。

號角聲來源在白磚路巷內的一處民房，距離最近的阿莉亞到達時，只見在民房前一支羚羊角製成的號角被棄置在地上。相隔了幾秒，蘭多也從後頭趕上，兩人沒有交流，直盯著阿莉亞手上的號角看，號角上頭刻繞著細長的花紋讓原本就彎了三個彎的羚羊角顯得更加扭曲。

「誰？別跑。」一個男聲從另一側的小路響起。

「蘭多！你往那邊。」阿莉亞手勢一落，蘭多沒有一絲狐疑，轉身的速度快得他一頭紅髮幾乎還停滯在空中，身體便已轉身奔了出去。

阿莉亞沒有沿著喊叫聲的方向而去，而是往街道的方向回奔了一段路。她心裡明白如此響亮的號角聲不會只有他倆聽見，果不其然在回跑了一小段路後，見到了無姓氏者的夥伴們領著四五個衛士衝了過來。

「衛士們跟我一起來！希瓦多你們回去街道，有點不對勁！」阿莉亞將號角往空中一拋，羚羊號角在空中如條黑蛇般旋轉著。「往這邊！」阿莉亞身影竄進了小路之間。

當攤販大姊在饅頭上淋著糖漿時，因為瑞爾純真的笑容而為他撒上了一把脆穀片。兩人遞接著饅頭之頃，號角聲響起。

「喔？有什麼大人物來了嗎？你趕快去看看。」攤販大姊的口音有點大舌頭。

「真的嗎？大姊謝謝啦。」瑞爾遞了枚硬幣。

路人們停下腳步思索著號角聲所代表的意義，隨即一些人則改變了方向、星星落落地往聲音的方向而去。瑞爾小心翼翼地走著，試著在人群中護住饅頭，不讓沾在糖漿上的穀片滑落太多。人潮將瑞爾淹沒，看不見道路的他只能拉長脖子朝著莉莉絲所在的樹的方向前進。

人潮不知從什麼時候開始，變得如此稠密，五十公尺的距離竟遙遠地讓瑞爾幾乎失去了時間感，看著饅頭上的糖漿已流滲進紙袋子大半，依然見不到一絲突破口可鑽。從人與人的縫隙間窺見，原先佇立在原地的衛士提著長刀似乎都往著同個方向奔去，人群的騷動變得越來越劇烈，就像一條大蟒般開始蠕動，位於其中的瑞爾只能左拐右切地被人流沖襲著。

「是不是發生什麼了？衛士都往那邊跑了？」

「是誰的號角聲？是有什麼人來了嗎？」

「餘興表演吧？大家都往那邊走了啊。」

討論聲此起彼落。

又在人潮中攪動了一小段時間，人潮開始湧向同一個方向，正巧與莉莉絲的方向同側，瑞爾乘上人流，希望莉莉絲依然乖乖停留在原地等候著他的歸來。

霎時間，白磚路上再次響起了號角聲，這一次不再只有一聲，聲音從上坡處襲來，引來路人們大量的疑問聲。

「肆意而為！」一個攤商推開了攤子前的行人後大喊。「肆意而為！」另一側的攤商也在同時間做了一樣的事。

四五個攤商同時間翻掉了自己攤桌上的桌板，桌板之下置著一個大木桶，他們掄起不知道藏在哪裡的斧頭，往桶蓋便是一砸，頓時間黃濁的液體濺出，在前方的幾個路人被濺了一身。

「啊？這味道是？」一個路人還沒來得及反應，攤商猛力擲來的斧頭，直接鑲進了他的右胸，頓時血液四濺。

「再會啦！牢籠裡的人們！哈哈哈哈哈！」攤商猙獰地狂笑後，一腳將木桶踹進人潮，木桶開始沿著坡道下滾，蓋口的破洞不斷湧出燃油。

隨後，一根燃燒著還沾著肉末的木柴被拋向空中，過往的路人們，還沒從在鮮血中哀號的男人身上抽回思緒，只能目送著木柴在空中翻轉，身體卻做不出任何反應。

唰地一聲，火光一閃，一條烈焰緊追著木桶拉出了長長的火舌，幾個沾上燃油的過客還來不急為自己衣襬上的火炎尖叫，不一會又有好幾條火舌閃燃而出。

飄著細雨的灰色天空，轉瞬被照亮了大半。

尖叫與哀號，此起彼落。

挾帶著憤恨的油桶卷著火舌從上方襲來之際，瑞爾的角度能看見的只有前方人的後背，直到火光終於高到瑞爾看得見，他才像周遭的人一般，被濺灑上了一身恐懼與驚慌。

「爸爸！」

「亞當！！你在哪？」

「莉莉絲！」

「啊啊啊啊啊！」

「你在哪！！？」

瑞爾的吶喊夾雜在人聲之中，渺不足道。

燃燒著的油桶一個滾到了半途便偏離了街道撞進了一旁的民宅、剩下的則被倒地上的障礙物給阻擋了去路，即便如此，濃稠的燃油依然蓋過了積在地上的爛泥，追上了人們的腳步。有的人被撞跌在了攤車上、有的人在地上翻滾掙扎試著甩掉身上的烈焰，半條大道陷入了火海之中。

從瑞爾的視野裡，眼前的人群開始變得模糊，遠景裡的大樹卻分外清晰、像刻在他瞳孔上似的。當火舌巨蟒般的纏上了樹時，一個期望湧了上來。也許莉莉絲會擔心著沒能搶到最前方的位置觀禮，而踮著腳尖偷偷跑到了水獺追獵場去，瑞爾第一次那麼希望莉莉絲可以不要聽自己的話，真心期盼著她已經坐在追獵場前的草地上，呵呵笑地自認自己非常聰明會被他誇獎。

可惜並沒有。

當人們努力逃避從地面襲來的火焰時，襲擊者們的攻擊尚未停止，

「選擇被圈養的人，就只能認命被人宰割！」襲擊者從巷口緩步走出，大喊一聲後向空中擲

出了好幾個皮革袋。數個皮革袋落進了人群中。其中一個在婦人的臉上轟然綻開，噴出了大量的黃色液體。

「不要啊！不要啊！」婦人歇斯底里拉開嗓門大叫，大量的油臭味嗆進了她的鼻腔。再不逃會死的，我會死的。死亡逼近的恐懼感在她腦門裡炸開。

一個衣襬著火、無頭蒼蠅般的青年闖撞了過來，沒有人來得及從擁擠的人潮中逃開。轟然一聲，被淋上燃油的人們化作一叢叢的艷橘。

終於推擠到烈焰的十步之遙處的人們，終於有勇氣回過頭來，細雨之中隨處都是燃燒著的人、正帶著淒厲的哀號在地上翻騰。雨勢逐漸加大著，襲擊者們已消失無蹤，憑藉著雨幕的掩護人們開始脫下衣物試圖滅火。

陶昂從郊外的營地駕著馬車進了商業區時，突然其來的騷亂與火光驚動了他的馬匹。於是他讓獵犬們留在了車上看守毛皮，自己像逆流而上的鮭魚般，擠開人群往前探看而去。

「這些貨物交給你處理了喔，我們兩個要去享受一下最後一次的人類社會的繁華街道。」道卡斯摟著米倫的肩說道。雙親甜膩過頭的笑容還烙在陶昂腦海中，如今眼前光景卻像一擊重拳猛然地灌進他的腹部。

兩個衣衫襤褸的人在地上伏爬著，任憑背上燃燒著卻已無力與之對抗，更後頭好幾個漆黑的人形一動也不動地堆疊在了一塊，陶昂走過了一棵大樹，樹下一個男孩正抱著半身燒得焦黑的女童痛哭著。在雨聲與哀號聲之中任憑男孩的撕心裂肺地怒吼著，幾步之遙的陶昂卻也完全聽不見。

終於烈焰被逐漸加劇的雨勢給拍熄，剩下幾絲餘煙仍然飄盪著，陶昂拖著浸漬在泥水中的獸皮鞋漫無目的走著，一個抱著孩童奔馳著的大漢撞倒了他，陶昂撲跌到了燒得焦黑的木看板上，發覺木頭下壓著兩個人，他伸手抓了壓在裏頭的人的衣襬，認出了上頭的吊飾後，急忙用力扳開了木板，一根長木刺扎進了他的手心。

「……」陶昂呆了半晌，用牙齒咬掉了手上的木屑，然後用雙手開始胡亂地在雙臉搓揉，泥水與鮮血與他眼窩上的獸爪紋交織成了一幅狂亂的畫作。「是躲在這裡幹嘛啦……媽的。」

木看板下兩個相擁的人形，被烈焰吞噬的上半身成了深紅褐色與黑色構築的人形，沒了頭髮、沒了眼皮，當陶昂直視到人臉上幾乎快從眼眶滑出的眼珠時，雙腿終於支撐不住身體重量，癱倒在地。

＊＊＊

「很行嘛？調虎離山之計很會嘛？再跑快一點啊你他媽的垃圾。」蘭多踹了一個金髮男子一腳，金髮男子穿著一身熊皮衣，脖子被兩條套繩圈著，套繩連著長棍由左右兩個衛士持著。「什麼臉，媽的。」蘭多按捺不住，又補上了一腳。

「紅頭髮的，你怕死嗎？」金髮男平淡地問道。

「你是想跟我說你不怕死嗎，被我們抓住你還以為可以簡單地死是不是？」蘭多一拳揍上了金髮男鼻樑，滲出一道艷紅的鼻血。

「怕。」金髮男停下腳步，脖子被繩圈往前拉扯了一下。「不就是因為怕死，才希望把你們這些被圈養的愚蠢動物們搖醒嗎？外面的世界到底有多大，在自己死前都沒機會知道，因為那一些愚蠢的傳統，什麼獸域神聖不可侵犯的屁話，就要我們困在這一小塊地方一輩子？」

「閉嘴，沒人想聽你在這邊講廢話。」阿莉亞的冷靜，看在金髮男眼裡不是滋味。

「我吹號角吸引你們過去的地方……」

「閉嘴！」蘭多從後頭又踹上一腳。

「那棟房子你們進去看了沒？你們不是有伙伴消失一整天了嗎？呵。」金髮男嘴角上揚笑著，雨水從他嘴唇流淌而下。

金髮男的眼神不斷掃視著周遭，果不其然，聽聞自己的話後，幾個無姓氏者變得怒不可遏，但又只能壓著情緒急忙往著那棟房子跑去。除卻脖子上的套繩外，他雙手也被反綁著。他明白蘆葦草會的運作方式，並不期待有任何人會來救自己，只是原以為自己負責的工作是最安全的，沒想到引誘的效果這麼顯著，幾乎半個白城的士兵都來圍堵自己了。如今的他只能試著激怒無姓氏者們，希望藉由他們的無紀無律與壞脾氣，製造出一絲逃走的機會。

一腳踹開屋門後，一行人在房裡看見了被脖子被割開、身軀早已冰冷的號角與灰狼。

「他媽的。」蘭多的憤怒到達界限，對著屋裡的其他東西一陣亂踹，直到穿戴在腳上的獸皮鞋綻了開個大口。

牆上由數張米黃色的紙張拼貼出了一個大方形，用著狂亂的深褐色字體寫著：「蘆葦花亦能離枝追尋自由。」

阿莉亞蹲下身來，靜靜地為兩人闔上了雙眼，無姓氏者們雖在戰之祭的肉搏競技與日常生活的爭鬥中總是弄得彼此鼻青臉腫、傷痕累累，但彼此間在各種任務中培養出的感情與默契，是一般的友情難以比擬。「到底想表達什麼。」阿莉亞蹲在地上，抬頭看著牆上的文字。希瓦多看著她的綠眼，感受到了她正壓抑著自己的怒火。

希瓦多扯下了一張紙，發現了寫在背後的文字：「我們都會死，但我們擁有在死前為所欲為的權力。」他唸完後，將紙揉成一團丟到了一旁。對於一群窩在這髒房子裡面寫著精神標語作夢的瘋子，他不屑一顧。

「放火燒死一般民眾跟什麼要追尋自由、要爭取更多探索機會的屁話有什麼關係？」蘭多一屁股直接坐到了灰狼身旁，看著他脖子上的鐵項鍊，上頭串滿一個個的鐵環，那是他用來計算自己上過的女孩人數的方式。

「就只是想把事情鬧大，讓大家知道他們要挑戰獸史殿、打破這些傳統規範罷了。」希瓦多又看了看其他紙張背後的文字，然後全部一起扯下丟進了旁邊火爐的餘火之中。「說到底就是一群沒能力靠自己在外面游獵生活的孬種罷了。」火焰燃了起來。

「還有人想要了解什麼嗎？有什麼值得我們深究的嗎？我們該做的不是遵行我們自己的方式嗎？」阿莉亞起身，看著其他幾個人，沒有人反駁。

無姓氏者的規矩有兩條，一是收錢辦事、二是血債血還。

阿莉亞握著腰間的短刀站起來走出了門，其他幾個人跟在她的身後。

＊＊＊

大雨過後，水獺追獵場外的孩童們正期待著司祭們開始進行束縛之舞的祭祀，然而時間到了，卻依然不見人影。後來一群衛士們將他們給圍了起來，群眾們不斷交頭接耳揣測著這起事件。直到最後遠方的大量濃煙升起，所有人依然丈二金剛摸不著頭緒。

當他們被帶回旅店時，村莊的大人們正忙成一團，除了聽聞到幾句「出大事了。」、「有很多人被燒死了。」以外，什麼都不得而知，孩童臉上蒙著一層恐懼，幾個盼尋不著同伴回來的孩童焦急地探看著門外流著眼淚。妮娜與查德兩人繞了一圈遍尋不著瑞爾的身影，最後才從窗口看見，瑞爾正坐在後門空地的長椅上。

「你在這裡幹嘛，現在到底怎麼了？」妮娜從他身後輕輕走近，瞧見瑞爾正面時，一股不好的預感纏上脖子，突然感到些許腿軟說不出話來：「……啊……？」

瑞爾單手遮住左半邊臉，淚水不斷從指縫滲出，他看了妮娜與查德一眼張開口努力想說些什麼，卻只能不斷抽泣著，發出斷斷續續的氣聲。瑞爾沾滿了泥土、衣服仍滴著水，頹喪地弓著身，讓人分不清顫抖的身軀是因為抽泣還是寒冷。瑞爾一次次地試著壓抑住情緒與他們對話，臉上的淚水鼻水與口水全攪成了一塊，最後才終於拼湊出了幾個單字：「莉莉絲……對不起……」

沾惹到瑞爾的恐懼及歉意，儘管仍一無所知，妮娜的淚水早已不自覺地、開始一顆一顆地滑落，查德亦紅了眼眶。一個眼神一個交會，三人便在瞬間分擔了彼此的悲愴。直到莉莉絲的名字終於從瑞爾口中說出，三人像緊繃的絲線終於繃斷了開來似的，抓著彼此的手嚎啕大哭了起來。

充滿歌聲、大人的老掉牙笑話與小孩子幻想故事的車隊，在踏上回泰戈村的路時，宛如一隻斷了腳、剛從黃雀啄裡逃出苟延殘喘著的蜈蚣，除了喀喀喀地木輪聲以外，什麼也聽不見。

車隊在一片陰雲之中攀上了山丘，穿過了一片樹林。眺望遠方，泰戈村的那一端正在一片豔陽之下，平靜而悠閒。

「先在這邊停一下吧，讓孩子們休息一下。」最前頭駕著馬車的女子對著賈昆說，孩子們在恐懼中抱在一塊哭了一夜，一大早就像戰敗的逃兵般被催促上了馬車，體能已經到達了極限。

「嗯，妳也休息一下吧，我幫妳拿一點食物過來。」

靛藍色的海在最遠端拉出一條界線，區分成了兩個簡潔的色塊。據說如能避開兇惡的鯊群，成功乘船划到那條線去，就會這個世界的邊緣墜跌而出，永無止盡的墜跌再墜跌，直到失去意識。

幾個大人守在車隊的最後頭，一輛覆蓋著深褐色布幕的拉車前。經歷了一夜辨認工作，委員會的人們才將本趟同行的人數給確認帶了回來，含莉莉絲在內兩個孩童橫躺在布幕之下外，還有幾個成年人被灼傷依然留在白城內救治。

「賈昆老師，可以讓我們從這邊開始，自己走回村去嗎？坐了一整天的車，我們已經累了。」查德原先就顯得消瘦，一夜無眠後，僵硬的臉孔更顯蒼白。「我們沒事的。」他硬是擠出一個不帶笑意的微笑。

「嗯，我知道了，慢慢地走，不要急，天黑前回到村裡就行了。你們幾個明年就成年的人要負起責任來，我知道你們現在的心情，我也明白你們有多傷心，但越是這種時刻，你們越是必須越堅強。」賈昆捏了捏查德的肩膀，一手提著水袋遞給了後頭的人。暗忖了一下突然拍了兩下手吸引大家注意道：「一起唱歌吧，送給湖泊．莉莉絲與紅杉．蕾西。」

賈昆掏出胸前的排笛，吹奏起了柔軟的旋律，頹喪的孩童們抬起了頭，牽起了彼此的手哼起了前奏：

母親歌聲　床邊迴繞
柔軟如水　輕撫吾髮
那天清晨她離我而去　她說我們會在森林裡相會
化作黃鶯的她　停留樹梢　為我的遠行獻唱

親親摯友　並肩嬉遊
身形如風　伴我左右
那天午後他離我而去　他說我們會在森林裡相逢
化作一條蛇的他　叼著一串莓果　為我充飢

林間暗夜　月影如鉤
篝火搖曳　獨身伴影
這天夜裡我放盡氣力　森林之中我與萬獸相遇
化作一隻鹿的我　邁開腳步　追隨眾人沉浸林中

一次又一次，九個選擇一起走回村莊的孩童唱著這首歌曲，為遠去的人與遲早會遠去的自己獻上祝福。妮娜牽著瑞爾的手，在林道中引導著他，他使勁用著紅腫的雙眼確認著前方道路，昏昏沉沉地浸漬在自己的回憶裡頭。

「爸爸跟媽媽死後會到哪裡？他們會在哪裡做些什麼？」六歲時的瑞爾追問著珍薇，儘管大家都只是告訴著他父母只是失蹤了，但他深信著父母不會再回來了。

「人死後，靈魂會飄到獸域裡會變成一隻新生的獸，受到獸主的庇護，在獸域裡繼續活著。」記憶裡的珍薇語氣永遠如此輕柔。

「那森林裡面的小兔子呢？我們吃掉牠們怎麼辦？」

「獸域裡面的獸群有分兩種，一種是普通的動物、而一種則是有著獸主領導的異獸。死後的人們會變成後者。」

「那爸爸媽媽呢？他們會變成什麼樣的動物？」

「瑞爾想念他們嗎？」

「嗯，為什麼他們不要我了？」瑞爾用童稚的聲音問道。

「他們沒有不要你了，只是早些一步先去了其他地方罷了。」

「他們會變成什麼動物？」

「我們薄霧家族的人，大概會變成黑森林霧間的一隻黑色烏鴉吧。」珍薇坐在椅子上，使勁的將瑞爾抱到了自己殘缺的腿上：「如雨如空氣、有形亦無形。」

「我不懂這段話的意思。」

「我也不懂，爺爺說要踏入過森林的人才會理解，在陰暗的夜裡，薄霧會輕輕柔柔地包裹住整個森林，寂靜之間，所有動物都能在那一夜裡好好休息。」珍薇梳理瑞爾的黑髮後，搔了搔他的耳朵繼續說道：「薄霧家族代表的是一種守護，一種和平。」

「可是黑色烏鴉要怎麼守護大家。」這些言論對於孩童太過艱澀，珍薇沒有試圖解釋這是種譬喻，只是輕輕地笑著。

「我不知道怎麼跟岡札雷斯交代，我應該跟他說什麼？」瑞爾開口。

「大人們說了，有錯的不是我們任何人，是那些沒有勇氣面對自己的壞人們。」妮娜語氣強硬，像是巴不得掄起一根棒子敲碎瑞爾腦中的悔恨。「你給我好好抬起頭來看路。」妮娜氣憤道，眼淚卻又不爭氣地掉了下來。即便她這樣告訴著瑞爾，她內心也怪罪著那個一起向岡札雷斯承諾會照顧莉莉絲的自己。

「為什麼他們要這樣做？街上的人們究竟做錯了什麼？」瑞爾從妮娜手中抽出自己的手，交叉抓上自己的肩，十指瑟瑟發抖著。

「我們會陪你一起去找岡札雷斯的。」查德試圖握住瑞爾的手，卻被他掙脫開來。瑞爾沒有回應，只是默默低頭繼續走著。

初冬的冷風之下，瑞爾竟感受不到一絲寒冷，他冒著冷汗、努力壓制自己顫抖的雙手。他感受到自己右手虎口不斷刺痛著，像是木刺扎在裡頭，任憑左手又摳又揉的卻找不到半絲傷口。瑞爾的行為看在兩人眼裡，就像受了傷的兔子，蜷縮在角落不斷舔舐著自己的傷口。後來的一路上，孩童們不再對談，走進了村莊時夕陽正展示著最後一道餘暉，他們鬆開了彼此的手便加快腳步奔向自己的家而去。

當瑞爾走近家時，珍薇拄著拐杖，已經站在門口等候著他。棕色的木屋前，珍薇的鵝黃色長裙隨風擺盪，像是金黃小麥隨著微風如波浪般輕柔地舞動。瑞爾走到了珍薇跟前，她只是擁抱了瑞爾、親吻了他的額頭然後說道：「晚餐煮好了，歡迎回家。」

獸曆一二八年的體之祭沒有勝者，理應是歡騰的慶功之夜，街道上卻只剩焦炭、殘骸還有那被無姓氏者切成三半吊在柱子上搖曳著的男子。

第四章　追探惡意的勇敢靈魂

深夜裡，數十支火把被舉起，搖曳的火光之中眾人圍繞出了一個圓。人們相信人死後靈魂會回到森林，轉生為獸群的一員。而臨海的泰戈村人則相信要將沒了靈魂的軀體歸返原屬於它的大海之中。

泰戈村的葬禮，名為海之墜葬。由逝去的亡者在家族裡最年長者的主禮，為亡者覆蓋上魚皮毯，然後由親人們在眾人的歌聲中將裝負著亡者的木架推入懸崖之下的海。昨日夜裡，蕾西在親人的協力下，已經完成了墜葬，沉入了深海裡。

深藍色的月蘭花覆蓋在莉莉絲半張臉孔之上，另一半未被烈焰摧殘的臉孔，依然是那個圓滿可愛的莉莉絲。岡札雷斯看著自己費時兩天才縫製完成的魚皮毯，已經哭腫了雙眼再次流下淚來，憑藉著自己拙劣的縫補技術，在最後的時分居然只能為妹妹縫製出這樣歪斜不堪的餞別禮。

「喂，莉莉絲！告訴我妳去了哪一塊獸域好嗎？」為莉莉絲蓋上魚皮毯後，岡札雷斯在她耳邊輕聲說道。「妳不要再睡了，先起來跟我說清楚妳要去哪裡好嗎？」

火光照不到的陰影之下，瑞爾、妮娜與查德，三人掩著面，淚水不斷從指縫間溢流而出，他們的雙手太小了，沒辦法將自己全遮蔽住。這兩天裡，三人連隻言片語都不敢對岡札雷斯提起，他們收起自認成熟的愚蠢想法，扮演回了孩童的角色躲在家人身後，將一切委交給他們解釋。

「讓我知道妳在哪裡，然後哥哥會去獵下那一塊領域的獸主，跟妳相見。」岡札雷斯在火光的照耀下喃喃自語著，他將全身靠上了木架，一步一步地開始推動著，緩慢地前行了幾步後，木架前端陷進草泥之中，停住了岡札雷斯身軀，只見他空踏了兩步，木架依然文風不動。「啊！！啊！」岡札雷斯蠻牛般地猛撞了木架兩下，木架卻只是陷得更深了。

「……」圍觀者們靜默地看著岡札雷斯拖著長長的影子，一身狼狽。儀式的規矩裡，除了同家族的人，觀禮者須保持緘默，只能放任岡札雷斯一個人徒勞無功地推著木架。

鏗鏘一聲，人群中擲出一把鏟子。這世道中，多的是風中殘燭般的家族，一人死亡一人送葬的場景，見多識廣的長者早碩見不鮮，這樣的狀況他們早預料到了。

岡札雷斯拾起了鏟子，在木架前挖崛起溝道。黑幕中，只剩夜風搔動火焰的聲響，與他一鏟一鏟掘著土壤的撞擊聲，皎月升上了海平面上後，他才終於清開了草皮與碎石。

「……」終於推到了懸崖邊後，岡札雷斯爬上了木架。明白這是最後一次端詳莉莉絲的臉孔，他情緒又一次潰堤，淚水從眼眶湛了出來，哀號聲衝上了夜空，直至皎月邊。莉莉絲原先便散亂不堪的褐色捲髮，在高溫的侵蝕下便幾乎融在了一塊，岡札雷斯用手又梳理了她的頭髮一番，最後將莉莉絲頭上的月蘭花重新擺正。

「去森林前，來我的夢裡。」一步又一步，在岡札雷斯的推力下木架慢慢凸出懸崖。「告訴我！妳在哪一塊獸域！」失去支撐點的木架終於開始傾斜。喀喀喀地木材間發出摩擦聲響，傾斜角度不斷加大，最終木架失去重心，帶著岡札雷斯的摯愛墜跌入黑暗的海。

後來又過了兩週，夜裡再次升起了火把，白狼家的雙胞胎，丹與艾克兩人從體之祭後連夜惡夢，在入冬後的寒風吹襲下一病不起，兩人在同一天的清晨裡，敗給了退不下的高燒。然後又是一場海之墜葬。

丹與艾克的恐懼，只有同時間待在街道上的人才能體會。無數的夜裡，每當瑞爾閉上眼睛，就會被滾滾的烈焰追趕，不論他多使勁地奔跑，最終火焰都會從他右腳跟捲起，一路燒上喉頭，最後吞噬掉他全身，晝夜不成眠使瑞爾失去了這年紀該有的活力。這段時間裡，他移動最遠的距離是到屋外打井水，在家門口的矮椅上坐著，從日昇看到日落，然後又一次在黑夜裡心悸、恐慌。

「你就好好休息吧。」珍薇摸了摸瑞爾的頭道：「想跟我說話時，隨時來找我。」

隔著一道窗，珍薇從房裡感受著瑞爾的疲憊，一個人的沮喪，連帶影響著整個家族。雖然沒有說出口，但這段時間裡珍薇幾乎也荒廢了工作，她將大部分的時間用站在窗旁，透著縫隙窺視著瑞爾的一舉一動。

她知道頑固的父親只會告訴孫子，難過的時候就是要去打獵，而不是像具屍體一樣什麼事也不做。她不期望泰米爾能幫助瑞爾，只希望這段時間他能收起以往的嚴厲與苛刻，讓他得以沒有壓力地好好休息。

＊＊＊

體之祭的事件過後過了一個月，冬季正式降臨，泰戈村雖不像北方森林會飄下細雪，但寒風挾帶著來自海上的水氣吹進了人的身軀中，從骨頭開始刮起，將寒冷感滲透全身。春季來臨後講堂的活動才會重新開始，往年的冬季，孩童們生活重心是拾撿柴火、採集野菜野菇，來協助紓解冬季的糧存問題。

妮娜隔著獸皮衣拉扯了內襯的魚皮背心調整了一番，入冬開始她深刻感覺到自己的身體正逐漸成長，隆起的胸部開始撐開了舊背心，讓她感到呼吸不暢。在厚實的外衣遮掩下，周遭的兩人還沒察覺到自己已經早一步往大人的階段邁進了。

「我到前面懸崖那邊的樹看一下，上禮拜下雨，那邊有可能有新長。」妮娜沒有等瑞爾跟查德回應，拎著竹籃逕自走去。莉莉絲不在後，晨間的聚會便不曾再展開，倘若有同行採集的需求，三個人都是前一天簡單做了約定，然後直接在定點出現。

「妮娜。」瑞爾從她身後叫喚了一聲，劃破了從一早開始的沉默。三人滿腹想對彼此說的話，卻始終找不到著手點開啟話題。

「嗯？」

「小心一點，那邊土很鬆。」

「嗯。」

森林裡的樹木在秋季裡將一身的樹葉像落水狗上岸後甩水般地甩落，前段時間的大雨被厚實的落葉層阻絕，至今仍滲不進土裡，地上滿是泥濘。攀上樹折下幾顆枯樹菇後，瑞爾一躍而下，一腳正好踩進了藏在腐葉下的水窪，泥水濺了一身，他絲毫不在意抹開了臉上的泥，然後走往下一棵樹。

其他兩人的籃子不到半滿時，瑞爾的籃子已經裝了八分滿，他拚了命採集，想用野菇填滿籃子的每一個空洞，拉扯著他肩膀的籃重越讓他感到安心。沿著靜思湖畔探尋了一早，三人確信這一塊的野菇已經都被採完，決定休息一會後轉往更深處的沼澤區去。

「我爸說，岡札雷斯明年就要離開泰戈村了。」查德拿了兩朵可以生吃的野菇嚼著。

「嗯。」比起這個他早已聽聞的消息，瑞爾更在意野菇還沒能填滿整個籃子。

「嗯。」眼見話題開不起來，查德果斷結束對話。

「我先過去沼澤那邊了，你們慢慢休息。」從採集的工作開始後，瑞爾發現只要讓身體動起來，就能忘記思考，腦海裡的那團烈焰才能暫時消停。

瑞爾留下了兩人，自己往沼澤的方向走了幾公尺停了下來，他意識到自己靴子進了水腳趾凍得開始刺痛，於是乎他放下籃子脫了靴子，伸手探進靴底果然摸到一團濕漉。他用手捏了捏腳趾，重新穿上靴子起身要走，伸手搆籃子時卻一個失手，籃子摔跌落地，整籃的野菇滾出掉進了積水裡。

他呆了幾秒才蹲下身撿拾了野菇，當他翻動野菇發現另一面沾滿了汙泥時，一股怒氣突然衝上了喉頭。「啊！！！」他憤怒大吼，將手上的野菇砸向身旁的樹，怒吼聲吸引了其他兩人的注意。

「怎麼了？」身段敏捷的妮娜沖到了瑞爾身邊時，一手握著腰際上的短刀。「嗯？」她警戒著遠處的草叢，冬天的森林不乏飢餓的棕熊。

瑞爾蹲踞在地上，又抓了一把野菇想甩向樹，卻在剎那間壓抑住了自己的怒氣，舉高的手就這樣停下動作懸在空中。「嗚嘶！嗚……」他的喊叫聲轉變成悲鳴，眼眶瞬間泛紅。

「怎麼了？」妮娜手從短刀上鬆開，湊向前靠近了瑞爾。

「……」瑞爾沒有回應。從妮娜的角度瞧見了他的臉頰一滴淚滑落。

「東西掉了，撿起來就好了嘛。」查德不知道該講些什麼，於是乎也蹲下了身。沒有了樹葉的遮蔽，抬頭望可見滿天烏雲，三個人圍著野菇的身影，在陰暗的森林裡模糊成了一團灰。

「我是不是，什麼都做不好？」瑞爾意志垂喪地不能自已。這段時間看膩了太多哭喪的容顏，其餘兩人低著頭拾撿著野菇，不願抬頭用雙眼擷取瑞爾眼淚墜跌的畫面。

「我們，有誰做得好？」妮娜將野菇一口氣塞進了籃子後，用蠻力將瑞爾拉起。

「為什麼他們要這樣做？莉莉絲跟蕾西做錯了什麼？」瑞爾問，這是他第二次問妮娜這個問題。

「我不知道，你不要問我。」妮娜一屁股坐到了旁邊的腐木。

「大人們都說，不是我們的錯。」查德。

「想要用開拓的方式去獵獸主，跟放火殺人有什麼關係？我不懂，我真的不懂。」瑞爾腦海裡的烈焰又燃了起來，從遠處慢慢地往他的腳跟延燒而來。「村裡的大人，沒有人願意告訴我們，是不是因為他們自己也不知道原因？」

「我知道有個人可能可以告訴我們」妮娜道，每當她想起這個人名，腦袋裡都會浮現一個陰濕的黑色洞穴。「我們去問他吧，他應該最能了解人類為了追逐獸主，可以做出什麼事來。」

「可以嗎？」瑞爾問。

「你從什麼時候開始會問可不可以了？」

「你說的是穆爾德不是嗎？遠山湖的距離太遠了，想去的話，要有成年人帶我們才會被允許。」瑞爾說話的同時，依然看著籃裡野菇上的污泥。即便三人春天成年式後便得承擔工作，但要獨自前往遠山湖難度還是太高。

「有一個人，可能願意帶我們去。」查德道。

「嗯？」

「岡札雷斯。」

＊＊＊

莉莉絲成了三人小跟班的故事，必須從兩年多前說起。一個艷陽高照的夏天，三人為了去靜思湖釣魚來到了釣具店買蚯蚓，那時莉莉絲六歲，尚不到參與講堂課的年紀，在釣具店外他們第一次與莉莉絲打照面。

「要買什麼？」莉莉絲從木柵欄上跳下來，熱情地招呼他們。

「釣鯉魚的紅蚯蚓。」

「紅蚯蚓在靜思湖那邊的森林，帶鏟子去把爛葉挖開就可以抓到很多喔！」看莉莉絲如此積極，原以為她會大力推銷商品，聽聞她的話後，三人忍不住竊笑了起來。

「妳怎麼知道那裏很多？」瑞爾問道，眼前的孩子這年紀應該還不被允許去靜思湖那塊。

「我有跟哥哥一起去挖過啊，很簡單的，你們自己去挖一下就好了，不用在這邊買。」莉莉絲似乎不想讓三人踏入店門。

「莉莉絲，妳又在亂講什麼了？」聽聞騷動，岡札雷斯從店門走了出來。「外面雖然挖得到紅蚯蚓，但是店裡賣的紅蚯蚓都是有餵食一兩個月的唷，比起野生大而肥，釣魚的效率比較高。」

「哼。」莉莉絲撇過了頭。後來三人才明白莉莉絲恨不得釣具店倒閉，這樣哥哥就不會整天耗在裏頭了。

後來又輾轉來了釣具店幾次，瑞爾一行人跟釣具店的林根老闆變得熟絡，開始協助他蒐集一些蟲餌、木料，也是在這機緣下，莉莉絲開始加入他們的每日行程。在瑞爾的記憶哩，岡札雷斯永遠都待在店裡，臉被陰影半遮，溫和地朝他們微笑。如今要與岡札雷斯攀談，卻變得無比困難。

前往遠山湖的想法產生後，瑞爾左思右想了幾天，成年人前往遠山湖的單程需耗費兩天，不論他如何規劃、翻閱地圖，也思索不出一個能瞞著珍薇，並且成功來回的方式。最終他收起靠自己完成這件任務的想法，敲響了岡札雷斯家的木門。

「怎麼了？」岡札雷斯看著門外的瑞爾欲言又止，兩腳生了根似的定在原地一動也不動。「進來再說。」他拽了瑞爾的肩膀，才終於讓他踏進了屋門。

「喝熱茶嗎？」岡札雷斯並不期待瑞爾給他回應，取下爐火架上的茶壺倒了一杯茶放在了他面前的桌上。瑞爾對眼前的茶無動於衷，滿腦子還在思考著要怎麼開口，然後岡札雷斯繼續說道：「除了茶，我已經沒有什麼可以給你了。」不知是否話中有話，短短幾個字尖銳無比，直狠狠地刺向瑞爾心窩。

「對不起。」

「我不需要你的道歉。」岡札雷斯的眼神很冷，那不是這年紀的孩子應有的冷酷。

「對不起。」

「如果你只是來道歉的就回去吧。你知道我光是要忍住不揍你一頓，都要花多大的力氣嗎？」岡札雷斯突然捏緊了拳頭，看到這動作瑞爾卻湧現出期待感，盼望岡札雷斯的拳頭能紓解自己心中的愧疚。「不是說會幫我照顧莉莉絲的嗎？嗯？」

「……」瑞爾沒有回應，依然站在距離岡札雷斯五步外的位置。

「我看到你的臉就會忍不住想問，你不是說要幫我照顧好妹妹的嗎？可是我也知道，那不能怪你。你知道嗎我聽了在場的人說了現場的狀況，說實話就算是我在現場，也不見得能夠保護好莉莉絲。」岡札雷斯始終維持著一樣冷漠的表情，「但是我就是會想，如果你們不要帶她去就好了。」

「對不起。」瑞爾能說的話只有這句。

「不讓你們帶她去，莉莉絲會恨死我，整天在我耳邊大吼大叫，甚至可能不會跟我說話。但我情願是這樣。」岡札雷斯伸手拿走瑞爾的茶一飲而盡繼續說道：「但是我真的知道不是你們的錯，所以不要再道歉了。」

「可是如果……」聽到了岡札雷斯的話，瑞爾滴下了淚勉強擠出了幾個字，便哽咽得無法再發聲。

「如果那天我不要去工作，我就能陪莉莉絲去白城了。如果我父母不要為了逐獵拋下我們，莉莉絲就不會這麼孤單了。人生每一件事都環環相扣，過往的每一個決定都影響了我們所存在的現在。」

「……」瑞爾靜默。十七歲的岡札雷斯說出的話，對瑞邇來說太過艱澀。

「所以你只是想來道歉的？如果想道歉，應該早就來了吧。」

「我有事情想請你幫忙。」

「嗯？」

「可不可以帶我們去遠山湖？」

「為什麼？」

「我想找穆爾德談話，我想知道人類為了追逐獸主，可以做出什麼事來。」瑞爾語落，岡札雷斯陷入了沉思。

「嗯，穆爾德啊？其實不用你提，我也有事情想問他，想聽聽看他能不能給我解答。」岡札雷斯又沉默了一陣。「要我帶你們去可以，有一個條件。」

「嗯？你說，什麼我都願意做。」

「嗯，你什麼都不用做，站著就好。」岡札雷斯起身挪動了腳步。「我知道，這一切不能都怪你，我也知道一直想著如果怎樣如果怎樣，是改變不了什麼的，已經發生的事，永遠沒辦法重來。但是、但是……當我看到你的臉的時候，我還是不禁地會去想，當初你是怎麼承諾我的，如果……如果你沒帶莉莉絲出門的話！這一切都不會發生！！！」岡札雷斯突然一個跨步，彈弓般地揮出手臂，一計重拳直接打上了瑞爾的臉。猛烈的力道將瑞爾震跌在地。「這一拳，是為了你毀約，沒有好好保護莉莉絲！」

瑞爾紮實捱了一拳，一股血味從他牙齦湧出，他用手輕觸了左臉頰，劇烈的疼痛感將他飄盪已久的靈魂重新喚回了身體。「是我沒有信守承諾，我知道你不想聽到我道歉，最後一次就好，讓我再跟你說一次。」瑞爾感覺自己嘴角滲了血，下意識吸吮了一口後道：「我沒能保護好莉莉絲，對不起！」

「我還是沒有要原諒你的意思，說到底，錯的從來就不是你，回家去吧。」

「那遠山湖的事？」

「先回家去吧，去遠山湖的準備不是一兩天就可以完成的，我需要一點時間跟林根討論，準備好了，我會告訴你的。」岡札雷斯推開了大門，夕陽正將外頭照得火紅。

「嗯。」

十四歲的瑞爾只知道遊戲與狩獵，至今仍然不懂，這世界裡湧動著怎樣的暗流。蘆葦草會的行動對他而言就像個謎團，想獵到獸主的話，只要踏進森林裡拚命狩獵不就得了？這一切的行為，究竟是為了什麼？周遭沒有半個人可以回答他，於是乎他將希望轉向了穆爾德，希望他能用成為獸主後獲得的智慧告訴自己，究竟人類能會為了追求萬獸靈的庇護，做出怎樣的事來。

＊＊＊

一只棕兔在荒草中奔逐了大半天才在草原上找到了一處殘留的蘚苔，沙沙沙地牠用長牙撕扯著苔根，終於得以在寒冬中獲得一餐溫飽。突然間遠處傳來的震動聲驚擾了牠的用餐時間，牠伸長身軀警戒著，豎起長耳朵判讀著聲音，牠還沒能判斷出聲響的根源來自何者，便嗅到上風處吹來的風帶著騷臭味，察覺來者不善，棕兔拔腿狂奔。

「哈、哈、哈、哈、哈。」獵犬甩動著滴著口水的長舌頭，奔馳的速度快到四腳能同時踏地、又同時懸空。牠的追逐目標並不放在棕兔，而是草原後方樹林裡竄動而過的一隻山豬。

「嗶嗶嗶。」三聲急促的哨聲響起，聲波即刻被廣闊的藍天全盤吸收。草原的另一側一個人影策馬追逐，另一隻獵犬奔在了他的前頭。

眼見山豬已經被自己驅趕進了預定的區域，陶昂旋即緩下了馬速碎步慢行，但尚在興頭上的獵犬依然雀躍無比，不斷回頭仰視陶昂，希望能獲得一個追逐的信號手勢。「噓！小石頭，慢一點，我們的工作已經完成了，休息一下。」像是聽懂了陶昂的話，小石頭慢下了腳步，但還是扭動著鼻子嗅著山豬殘留的氣味。對獵犬而言這味道代表著夜晚的腸子大餐。

「嗶。」過了一會，森林深處傳來了一短聲的哨音，這清脆的音色源於生奴族利用羚羊角製作的短哨，透過精細的雕刻工法在鏤空羚羊角內留下一顆大於哨口的圓球，吹奏時圓球撞擊內壁，形成響亮的哨聲。聽聞狩獵完成的哨音後陶昂才又操弄韁繩加快了速度往集合點而去，隨著馬匹的躍動，他一頭褐色馬尾像有了生命，水蛇般的上下甩動著。

雙親的喪禮過後，陶昂全心全意投入了狩獵的工作，連家都不怎麼踏進的他，有時就在森林的邊際搭了棚子、生了營火過夜。整理雙親遺物之際，他發現了他們為了遠行所作的筆記，在四角羌獵取後他們的計畫全盤被攪亂，當陶昂閱讀筆記裡內容時，心中想著的是倘若沒有蘆葦草．多德的出現，雙親現在早就再次拋下自己，駐進四角羌森林。

「人類間的情感是可以輕易割捨的，真正值得追尋的只有林野間的萬獸」這樣的想法在陶昂心中不斷發酵，最終化作濃稠的液體淹過了恨意與哀愁。他將屋裡雙親老舊的衣物當成柴火燃燒、狩獵用具則裝進了木箱堆放在房間的小角落。流連在森林的夜裡，他總盯著營火、試著從燒紅的木炭上的裂紋中尋求解答，如今要做的事決定了，想知道的只有兩個：何時？目標是誰？

陶昂策馬跟上了狩獵的隊伍，除了他以外，還有另外三個獵戶參與了這一次的圍獵，生奴村位於人類聚落最北端，常在寒氣逼人的清晨飄起細雪，生奴人大致習慣了低溫的環境，即使穿著厚重的獸皮，也能在馬上準確地拉弓射擊。一個兩鬢灰白約莫五十多歲的男子是當中年紀最大的人，他駕駛的馬車上堆放了兩頭鹿、一隻野豬外，還有一團分不清數量的兔子松鼠野味小山，那些都是獵犬尖牙下的犧牲品。陶昂伸長了脖子探看，野豬的體型比想像中的還小了一些，但有了另外兩頭鹿，今天的收穫甚豐。

「我直接載回去給麗塔他們處理。」灰髮長者操韁繩轉了方向，馬車開始往右邊的路偏移。狩獵結束後，趕在獸身尚溫熱之際，他要先一步趕回生奴村將獵物剝皮。

「嗯，我們去確認一下陷阱。」另外三人往左而去，左邊的道路通往的是明日要狩獵的另一座森林。設置陷阱的區域早在一早便分配好了，陶昂無意跟上其他兩人腳步，悠悠地讓小石頭領著馬走，自己則眺望著遠方。待到陶昂回過神來，已經來到了獸域邊界，映入眼簾的是一排跨足在獸域與人類聚落之間斑駁的灰色石柱群，石柱一路綿延，即便大多數石柱早已腐蝕倒塌，仍在森林與草原間畫出了一條分隔線。

一人一犬一馬，在石柱前停下了腳步，前方的森林馬匹不易行走，陶昂找了棵樹繫上了韁繩。日復一日的狩獵生活還會持續下去，等候著，總有一天會有一個徵兆或契機，告訴自己是時候離開村莊了，陶昂暗忖著、領著小石頭走進了森林。

＊＊＊

在烈焰中遭遇的惡意，像滲進了毛革衣的黴菌似的，不論怎麼清洗，那一股腐朽的氣味始終揮之不去，回到了泰戈村後，他們依然背負著那一日的絕望感。

「大後天，我、妮娜與岡札雷斯要到遠山湖一趟。」瑞爾走進了珍薇的房裡向她說道，前幾日岡札雷斯告訴他，要去遠山湖的準備已經就緒了，三天後就可以出發。

「他要帶你們去捕魚嗎？教你們架設陷阱？」珍薇的語氣不像是疑問，她的話就像是刻意為不善說謊的瑞爾解套似的。

「嗯。」

「冬天到了，野營用的裝備、還有衣服都要帶齊喔。第一次去這麼遠的地方要小心，多留意自己的身體狀況。」珍薇撐起拐杖從書桌起身。「我明天開始也要到白城一個禮拜，新的圖都繪製好了。」珍薇走到書櫃，示意要瑞爾看上頭好幾大綑的圖紙。

「爺爺也會去嗎？」

「嗯啊，不然誰幫我駕駛馬車。」

「嗯。」

「原本想說這樣你一個人留在家裡，怕你無聊。」

「我早就習慣了，而且我也已經快要參加成年式了。」

「嗯嗯，去遠一點的地方摸索一下也好，你就快成年式了嘛。」珍薇搓了搓瑞爾的頭。「去吧，去遠山湖吧，如果有什麼不想要的、厭惡的東西，通通在湖裡將它抖落、將它洗淨。」珍薇親吻了他的額頭。

三天後的清晨，瑞爾換上了珍薇為他縫補好的衣物，推開大門後，他在門框間停下腳步，再次拉開刀鞘檢查打磨了兩天的匕首。外頭的天尚是一片灰藍，寒風帶著水霧低姿態地吹拂著荒草，妮娜的身影出現在菜圃的木柵欄之外。妮娜的背袋上掛滿了獵弓、箭矢與繩索，腰際則別著手斧與匕首，渾身的裝備壓迫著她纖細的身軀，走起路來給人一種搖搖欲墜感。

「真慢。」瑞爾靠著門邊，待妮娜走近他身邊後才道。

「你揹著這些東西從我家那邊走過來看看？」妮娜將行囊靠在柵欄上抱怨。

「我不要，我家就在這裡，我為什麼要從妳家那邊出發。」

「那就不要在那邊跟我囉嗦，而且你也才剛從家門口出來而已吧。」

「嗯。」瑞爾無意爭論，也不想探討妮娜為何擁有鷹一般的視力，可以憑藉著如此晦暗的光線望見遠方。「走吧，不要讓岡札雷斯等太久。」

「嗯。」妮娜拉起行囊，重新揹上身。沿著石磚路漫步，兩人的身影逐漸消失在尚未化開的晨霧裡。

抵達岡札雷斯的住處時，天空灰藍色的薄紗已被掀開、街景變得明亮清晰。岡札雷斯拿著馬梳正梳理著馬鬃，一棕一黑的馬匹甩著嘴唇低鳴著，背後裝配著鞍具連接著一架無頂馬車，那是他跟釣具店老闆林根借來的。

「都準備好了嗎？」岡札雷斯問。

「嗯。」兩人同聲應道。

「那上車吧，走吧。」

「那個，岡札雷斯……」瑞爾看著馬車與擺放在後方的糧食。

「嗯？」

「謝謝。」

「嗯，駕！」鞭子驅使下，馬匹拉動了馬車開始前行，喀喀喀地木輪在石磚路上作響。由於父母親的反對，查德缺席了這一次的遠行，也是從這一趟的旅程開始，注定了他們之間的分歧。

第一天的行程裡，三人保持靜默，以綿延不盡的森林為背景，各自想著自己的事。這並不是岡札雷斯第一次出遠門，但卻是第一次承擔責任，以前的遠行都是跟著村裡的長者一起漁獵。許多人都選擇在孩子全都成年後的隔年踏上旅程，像岡札雷斯雙親這樣拋下年幼子女的相當罕見，他小時候也與其他孩童相同，對踏上征途這件事充滿憧憬，不同的是在他幻想的場景裡，永遠有個位置保留給莉莉絲。

缺乏野外經驗的三人不敢冒進，太陽稍稍西斜後便停下駐營，直到營火上架上了鐵鍋，等待著湯水沸騰之際，三人才終於開始閒談。「我再過兩年就會離開泰戈村了。」岡札雷斯攪動著湯勺，鍋裡淨是磨菇野菜。

「西邊沼澤的角蟒嗎？」瑞爾道，鍋裡開始滾起熱泡，熱泡頂開了野菇啵地一聲破裂。

「應該是吧。」岡札雷斯在鍋裡灑了一些綠色粉末後，魔法似地迷迭香的香氣立刻綻出鍋來。「人死後，真的會轉生成新生的獸嗎？」

面對岡札雷斯的疑問，兩人沒有應聲只是木然地盯著熱泡，他們從來不曾懷疑過這個問題，如今被年長於自己的人提問，更是無語以對。

「不會嗎？」只有熱泡聲響的場面僵持了一會，瑞爾終於問道。

「我們知道，取代了獸主的人仍保留著自己的意識、可以對話，但獸群不會說話，沒有人可以親口證實人死後真的會轉生成新生的獸，然而就算真的成了新生的獸，沒有了原有的記憶後，還稱得上原本的那個人嗎？」岡札雷斯邊說邊舀了一勺湯試喝後無奈地笑道：「對你們而言這個問題還太難。」

以往的妮娜聽聞他人因自己年紀小而貶低她能力時，總會出嘴頂撞，但她從岡札雷斯的語氣中聽不到任何貶低之意。「這就是你要去遠山湖的原因嗎？」又也許不是語氣的問題，而是妮娜承認這個問題真的太難。

「希望穆爾德能告訴我。」岡札雷斯盛了兩碗湯，呈到了妮娜與瑞爾面前。「喝吧。」

「謝謝。」接下木碗後，瑞爾吹了幾下後用熱氣烘了一會臉頰。

「明天我們早一點出發吧，太陽下山前趕到據點站的話還可以去狩獵一下。」岡札雷斯看著自己木碗，雖然將甘薯煮化開來融進了湯，讓湯變得濃稠，但僅靠著漂浮在湯上的野菇與幾片菜葉，果然沒有正餐的感覺。「如果是莉莉絲，一定吵著要有肉才吃。」

「一定會。」瑞爾也將目線投進了木碗，他耳邊似乎還聽得見莉莉絲正吵著要他買糖漬藍老鼠果。

夜裡，為了讓駕車的岡札雷斯休息，瑞爾跟妮娜輪流守夜，確保營火的柴火充足，藉此取暖與驅趕野獸。第一次守夜，瑞爾原以為自己會敵不過睡意假寐，但一整夜裡他的思緒卻同今夜的夜空般分外清晰，深藍色的天幕浩瀚無垠、繁星點點，一隻夜鵲化作一道黑影掠過，儘管夜冷得瑞爾只能窩踞在營火旁，心卻隨著草叢竄過的一匹狐狸一起奔進了森林深處。

＊＊＊

日光在半小時前落進了山頭，三人憑藉著兩支火把的照耀，在飢寒交迫下得以尋覓前人的駛過的馬車痕，最終望見漁人小屋裡綻射出的火光尋獲了方向。遠山湖擁有豐沛的漁獲資源，向來都是泰戈村獵捕特殊漁獲的主要根據地，長年以來通行的捕獵隊伍不斷開拓下，這段前往獸域的道路已不如以往艱辛，即便如此，三人還是花了四天才終於趕完所有路。

「小屋有人？」瑞爾對著提出疑問，屋裡的火光微弱，絲毫感受不到生氣。

「村裡的人吧，也許是誰來捕魚了。」妮娜回應。

「冬季的話，捕魚的人不多，也許是路過的人吧，從四角羌森林回來的人。」岡札雷斯一道才讓兩人恍然大悟，的確在印象裡，大人們冬季鮮少遠行，大多是鄰近地區的小溪流捕撈魚蝦，抑或是協助翻耕農地，為春天的播種提早準備。「小心一點吧，離開人類部落之後的規則跟村莊裡的完全不同，不是每個人都是好人。」

「不是每個人都是好人。」瑞爾複誦了岡札雷斯的話，他早已在白城裡便見識過了人類惡意。「當然不是。」他喃喃自語，右手握緊了匕首。

夜晚的寒冷空氣壓不住馬車聲的喧囂，聽聞聲響後，一道粗大的人影從窗間晃過。岡札雷斯與小屋保持著些許距離停下馬車，雙手仍緊握韁繩，因應著屋內人的舉動準備做出反應。

一隻大手扣上木門邊緩緩地推動著，木門的上門軸已被歲月鏽蝕，開闔到了一半時門卡住了，只見大手猛然一使勁，像掰開硬麵包般硬扯開了門。「這門真的要修理了耶，爛死。」一張粗獷的臉從門後浮出。

「咦？」三人同時驚呼。

「咦？」邁爾也發出了疑問聲。「小毛孩們大半夜來遠山湖幹嘛？」

「你才是吧，一個人待在這裡做什麼？」妮娜將頭從岡札雷斯的身後探出喊道，卸下戒心後，突然感受到寒風吹襲而來。

「先趕快把東西搬進去吧。」岡札雷斯跳下了馬，解起了韁繩。

「小毛孩半夜不好好在家睡覺，出來郊遊喔。」沒能來得及閃開邁爾看似沾滿汙垢的大手，瑞爾被他一掌壓上了頭頂。邁爾用他的掌力用力搓揉了一番，瑞爾感受到自己的黑髮被扯掉了好幾根。

來自屋裡的火光，被邁爾的龐大身形給遮蔽住了，從妮娜的角度看來，就像有隻兩足行熊朝自己踱步走來。眼見瑞爾還摸著頭弔唁自己落下的頭髮，妮娜的右手蟒蛇般盤上了頭，一手抓住自己的金髮，連忙從邁爾的路徑上躲開。「我們村裡的孩子怎麼都這麼不可愛，看到我跟看到鬼一樣幹嘛。」邁爾舉起碩大無比的手掌，撐開了樹根般粗長的五指，一把抓起了兩個木箱。

「我們自己的行囊，我們搬就好！」妮娜躲在馬車的陰暗側喊道。

「你們搬這麼慢，門一直開著是要讓我被風吹到凍僵喔。」邁爾另一隻手抓上了裝著乾糧的麻布袋。「真是的，小孩子只吃這種乾糧怎麼長得高，我在你們這個年紀的時候可是……」

「我們不是小孩子了！春天就成年式了！」妮娜扛了一綑柴火不服輸地爭論道。

「口氣這麼大？妳不會以為大家晚上圍著樹祭拜一下，隔天醒來就會長得跟樹一樣高了吧？」邁爾戲謔道。孩童們憧憬著的成年式在他口中不屑一顧。

「好冷，趕快搬一搬吧。」瑞爾避開邁爾的目光，將幾包袋子放進小屋後，小跑步跟到了屋後協助岡札雷斯栓綁馬匹。待到他倆回到屋前，邁爾已經將所有東西都搬進了屋中，正與妮娜圍坐著屋內的火堆旁乾瞪眼。

「所以你們來幹嗎？」邁爾將掛在牆邊的魚抓下幾條，任意地塞進火堆上的鐵鑄鍋。這動作讓擅長料理的岡札雷斯不禁皺起了眉，可以的話他願意花點時間將魚肉切成恰到好處的塊狀，加點調味料再烹煮。「不會是特地來找我的吧？」

「根本沒有人發現你不在村裡。」妮娜的話扎穿邁爾粗獷的皮膚。

「怎麼可能哈哈哈哈哈。」邁爾邊笑邊粗暴地攪動魚肉湯。

「真的。」瑞爾眼神冷淡。

「吵死了，不要用那種眼神回答我，所以你們到底來這裡幹嘛？」

「你知道怎麼到黑岩蟹的領地去吧？」岡札雷斯單刀直入。

「想念穆爾德了？」隔著火焰，邁爾的目光投向妮娜。自己一生究竟還會跟白楠木家的人有多少牽連呢，他暗自思索著。

「你應該知道怎麼去吧？」妮娜。

「我知道啊，畢竟是我們一行人發現的，你能想像嗎？我們村的人在這邊捕魚捕五六十年，到現在才發現黑岩蟹。」邁爾依然亂攪著湯鍋。「小孩子的話是到不了的，會死的喔。」

「先告訴我們要怎麼去，剩下的我們會自己想辦法。」瑞爾抽動鼻子嗅著魚湯味，即使賣像不佳，魚肉的鮮味卻是貨真價實的。

「不要這麼急，先吃東西吧。」邁爾示意岡札雷斯把他們的木碗都遞過來。「想要去黑岩蟹的領地嗎？從你們馬車停下來的那一刻起，你們就已經到了啊。」

「哪裡？」瑞爾疑惑，在他的想像裡，黑岩蟹是藏身在遠山湖的深處的沙洲上，才會至今才被發掘。

「這裡。」邁爾用他粗大的食指比向地面。「說不定你們要找的穆爾德，現在就在我們的正下方呢。」邁爾沒有繼續多解釋，逕自大口啖食起魚肉。

一夜的對話過後，三人從邁爾口中得知的情報有兩點，一是黑岩蟹的領域位於遠山湖湖水源頭的地下洞穴裡，現今唯一找到的入口是遠山湖湖底的一處湧水口，要從那進入地底洞穴除了得下潛十尺多的水深外，還得頂住水流沖力向內游動約莫三公尺，才能有探出水面呼吸的空間、二是邁爾不願意提供任何協助，也不願告訴他們當初用了什麼方法進入洞穴。

「你們辦不到的，就算辦到了，從穆爾德身上得到的回應也不會是你們想要的答案。放棄吧！」邁爾如是說。

＊＊＊

無視邁爾的勸阻，三人隔天一早在陽光尚與夜晚殘留的寒風周旋之際，他們卸下了獸皮衣，裹上兩層魚皮裝，聚在湖邊伸展起身子。

「這麼冷的天氣下水會很快就沒氣唷。」邁爾跟在他們後頭出來，無意阻止，但一張嘴始終閒不下來。

「我們自己會評估，不用你管。」妮娜對他總沒好氣。

「他說的沒錯，伸展要確實一點，等等下去如果發現不行就要立刻上來。」岡札雷斯語重心長，他也擔心著自己的水泳技術。「不要硬撐，拿自己命開玩笑。」他望向瑞爾與妮娜，在他眼裡他們兩人就是兩頭硬脾氣的野牛。

「我們知道。」瑞爾應聲之際，目光飄到了邁爾身上，邁爾手持著一根依然燒得火紅的木柴從小屋走出，另一手拎了一綑柴火。

像是嘲諷著他們會迅速受凍上來似的，在三人還在做準備時，邁爾已經將營火燒得旺盛，暖熱感溜進了三人衣袖，不禁讓他們內心生起了一絲疲倦感，想偷偷靠過去，今天一天就這樣依偎在溫暖的火焰旁。「你們要不要帶魚叉下去啊，有魚的話幫我抓幾條上來，我剛好可以幫你們烤。」

「我們不是去抓魚的！」妮娜瞪了邁爾一眼。

「啊也是啦，你們還要帶火把下去，哪有其他手可以拿魚叉。洞窟裡一片漆黑，沒有火把怎麼看得到路對吧，嗯？」邁爾刻意盯著他們的雙手看。岡札雷斯會過意來，兀自到小屋內拿了支沾了油的火把，跟打火石與匕首一起，用厚實的魚皮包袋起來綁在自己背上。

再三確認四肢的伸展度與呼吸後，三人一躍而下，跳進了湖裡。他們在湛藍的湖水中輕盈地踏動雙腳，翻攪出了大量水泡，在身後拉出三條白影。雖早做了覺悟，但湖水的冰冷程度依然超乎想像，下潛不到三分之一的距離，瑞爾便已經感覺到右腳背的筋已經成受不了低溫而收縮了起來。他連忙在水中挪轉了身軀，用手扳了扳腳板。

瑞爾與妮娜能夠憋氣的時間約為兩分鐘，就正常的游泳路徑計算，游到洞內綽綽有餘，如今因為寒冷，當他們倆人跟著岡札雷斯的速率潛到了洞口前時，已經難受得意識有些許模糊。直到洞口湧出的水流正面沖襲上了臉，才讓他們意識到體內的含氧量不足以支撐他們頂住這股強流前行，他們吐了一大口泡，眼前突然一片灰，開始慌亂地划動手腳，開始往湖面而去。岡札雷斯見狀搶先一步迅雷般地衝破水面，深吸了一口大氣後再次下潛、游到兩人身後守望著。

即便深諳水性，也明白越是慌亂緊張，越會耗費大量氧氣，在意識逐漸模糊之際，瑞爾還是忍不住在加快了四肢划動的頻率，最終頂破了表面張力，瑞爾那張仍帶著稚氣的臉孔從湖面探出，他想將周遭一切吸噬似地吸了一大口氣，才將模糊的意識重新從那個灰色的空間拉回。

「沒辦法的啦，你們游不過去的。」邁爾坐在營火旁，示意要他們過來烤火。

「閉嘴。」瑞爾怒視邁爾，但還是慢慢地移身靠近火堆。

「你勒？」邁爾目光移向岡札雷斯，他的神情感覺尚有餘裕，不像年幼的兩人像剛被救上岸的落水小貓。「你游過得去嗎？」

「不知道，但我覺得沒辦法，水流比想像中的還要強，你們當初有多少人」

「多少人不是重點，重點是你們年紀還太小，真的想去的話就再練習游泳、加強體能個三年再來。」

「哼。」瑞爾哼了一聲，紮緊了手上的護帶便又往湖裡走去。「剛剛只是水溫太冷，還沒辦法適應而已！」

撲通一聲水花飛濺，眼見瑞爾又跳進湖裡，岡札雷斯連忙起身喊道：「等我一下！」他揹起火把，追著瑞爾入湖。

「妳不跟上去嗎？」邁爾問道。

「如果我跟那個白癡一起在湖裡面體力不支了，岡札雷斯沒辦法一次救兩個人上來。」妮娜老神在在地烤著火。

「懂得判斷情勢與自己實力，長大了呢。」

「閉嘴。」

「就這張嘴還是一樣小孩子脾氣。」

「他不會輕易放棄的。」妮娜用力將魚皮裝內的水擠了出來，追求保暖與降低阻力的魚皮裝完全捨棄了美感，魚皮緊緊吸附在穿著者的軀體上，讓他們化身成純粹的灰褐色。

「所以說，他為了什麼想找穆爾德？」

「嗯……」妮娜嘆了口氣。「其實我都知道，村裡的人在說什麼，他們說克里斯是叔叔害死的、說他為了搶奪獵取獸主的機會，把並肩作戰的戰友殺了。瑞爾想知道，過於奢求萬獸靈庇護的人是不是都會變成不惜傷害他人也要達成目的的人。」

「是。」邁爾斬釘截鐵。

「啊？」

「這個問題需要問他嗎？問我就可以了，我就可以回答了。不用拿獵獸主的事來講，人類壞到因為一條麵包就有可能去傷害其他人，只有讓自己強到沒有人可以傷害你之後，才能選擇成為一個可以願意相信其他人的人。鳥兒不害怕站立的樹枝會斷，不是因為牠相信大樹，而是因為牠相信自己的翅膀。」邁爾語落，音線正好搭上了一聲水花聲，轉頭一看瑞爾已再次上浮，像根泡水的老舊腐木漂在湖面上。「這次游到哪裡了？」邁爾隔空大喊。

瑞爾沒有回應，靈魂像從五孔滲流進了冰冷的湖水中，只見他眼神空蕩蕩地站在岸邊，任憑身上的水潺潺垂流著。岡札雷斯留下他繼續在岸邊發愣，拖著寒冷的身子湊到了營火旁，他的嘴唇略為泛紫，湖水的低溫令人難以承受。

撲通一聲，岡札雷斯還沒來得及烤暖四肢，便聽見瑞爾的入水聲。「白癡嗎？」岡札雷斯正想起身追過去，被邁爾的大手擋下。

「身體還沒熱別下水，我去。」邁爾跨開巨大的步伐，一轉眼已經躍進了湖。

邁爾激起的巨大漣漪逐漸被撫平後，岸上的兩人依然沉默地望著湖面，比上一趟花了更多時間，雖不清楚水面下發生什麼事，但因有邁爾在，他們顯得心平氣和。兩人重回水面上之際，瑞爾幾乎是被邁爾扛在肩上拽著走，低溫使他放盡了氣力。

「究竟是在幹嘛？」邁爾直接粗暴地將他甩到營火旁。「動一下腦袋，評估一下自己能力再做事好嗎？」

「你懂什麼？」瑞爾渾身顫抖著，

「我沒有興趣懂你。薄霧家怎麼有你這種連自己情緒都不會調節的愚蠢小鬼頭？以為把自己搞得看起來很慘，事情就會自動全部解決嗎？」

「到底是怎麼樣的人，才會用這樣的方式去傷害其他人？你知道他們到底燒起了多大的火嗎？莉莉絲就在這樣的高溫中被火吞噬。」瑞爾像隻被風雨中被吹落殞地的雛鳥。他的話聽在岡札雷斯耳裡其實很不是滋味，瑞爾一身濕，分不清臉上的是湖水還是淚水。「而我卻不在她身邊。」

「你找了穆爾德就會得什麼答案嗎？蘆葦草會為什麼要用這種方式來製造紛亂？我現在就可以告訴你啊，他們要在所有人的心中播下一顆恐懼的種子，讓這顆種子會慢慢發芽，等到整個社會被弄得越來越亂，每個人都越來越為所欲為，他們就可以招募到更多人手，一起去用砍伐森林的方式，減少獸主的生存領域，讓狩獵更方便。」邁爾拿起了一根樹枝，插到了瑞爾根前道：「你內心的種子已經發芽了。」

「……」瑞爾沒有說話。

「人類就是這樣，如果能夠永生，就算要殺掉親人殺掉戰友也在所不惜，現在如果我們面前出現了擲石猿獸主，我不惜當場把你們幾個全幹掉，也要搶到手來！」邁爾把玩了一支粗樹幹一會，然後單手將它捏成兩段。「一直嚷嚷著你們要成年式了，要成為大人了，那就去吧，我告訴你們怎麼去找穆爾德。」邁爾手勢示意他們不要跟來，留下三人烤著火發愣，逕自走回了小屋。

當他回到營火旁時，拎了三支小屋裡剖柴火用的斧頭，斧頭雖鏽跡斑斑但仍相當扎實，斧封處也被磨得鋒利。

「我確定你們三個絕對游不進去，是因為連穆爾德跟克里斯都沒辦法逆流游過那一段路。」

邁爾的眼神變得輕蔑：「整個泰戈村可能也只有我進得去吧。」

「可是我叔叔他……」妮娜爭道。

「先聽我說完好嗎？急什麼。」邁爾打斷妮娜。「現在湖底這個洞，是我們在捕龍蝦的時候不小心砸出來的，我們一開始沒發現到，是後來發現兩隻黑岩蟹爬了出來，被我們抓了上來。一開始我們也沒有多想，只是覺得這種螃蟹體型也太大了一點，結果剖開來想煮湯，才發現事情不對勁。」三人注意力完全被邁爾的故事吸住，聽著他繼續道。「你能想像嗎，黑色的螃蟹被剖成兩半之後，居然瞬間發出詭異的白光，當我們看到白光的時候，足足呆了一分鐘，捏了捏臉才發現這是真的，遠山湖藏著獸主，還是該說是螃蟹主？」

「然後呢？」妮娜無視邁爾的冷笑話，繼續追問。

「然後我們就潛水搜尋了一陣子，最後才發現被我們砸開的洞口，我們幾個人一起游了進去，到後來只有我成功從水流擠了進去，裏頭漆黑一片，你只能夠頂著水流、一邊用手去摸索路線，而且還沒辦法確定前方的路有多長多寬，萬一評估錯誤，沒能及時折返就會喪命。現在想想要我再試一次我也有點害怕。」

「為什麼不跟我們說連穆爾德、克里斯都進不去？」岡札雷斯道。聽聞這條潛行路線連邁爾都會害怕，他這才發覺邁爾當初的死亡警告是發自內心的。

「跟你們說了，不就會讓你們知道有其他路線可以進去？」邁爾搖了搖頭。「我進去之後，從裏頭髮現了一小條微薄的光線，硬是用雙手挖，然後還撿了顆石頭來敲，敲了一個多小時才弄出了一個洞口，我用那個洞口喊到喉嚨快沙啞，直到太陽下山之後才剛好被他們聽見，最後挖了一個晚上才把我弄出去。」

「所以那個洞口在哪？」妮娜再次打斷他。

「會告訴妳啦，不好好聽人家講故事，是在急什麼。」邁爾溫柔地瞪了妮娜一眼。「就是在那一天夜裡，穆爾德跟克里斯趁著大家都熟睡後，偷偷溜進了洞口。可能是冬天的夜裡對黑岩蟹來說太冷了，牠們幾乎是一動也不動地任憑兩人處置。也是因為太輕鬆了，所以穆爾德就乾脆把克里斯給處理掉了，這樣才不會有人跟他爭。」

「蛤？」妮娜狐疑。

「我說穆爾德殺了克里斯。」

「蛤？你騙人。」妮娜無法置信，邁爾的語氣平靜地讓她覺得是在開玩笑。在她的記憶裡穆爾德雖然愛惡整人，但總以善意待人。

「我沒興趣用這種事騙妳，不相信的話自己去問他。」邁爾一把抓起三支斧頭扔到妮娜面前。「你們帶的匕首跟小斧頭對付不了裏頭那硬甲殼的怪物的，天黑之後再進去，進去之後記住一件事，不要驚擾洞窟裡的螃蟹，如果吵醒了牠們只管跑就是了，非到必要千萬不要動用斧頭，如果殺了黑岩蟹，只要一隻，就一隻，立刻折返出來，不要再想著要找穆爾德了。」

「嗯，好。」岡札雷斯的語氣充滿了責任感，這一次他學會要遵行邁爾的勸告，內心暗下決定做好隨時拖著這兩個小鬼逃竄的準備。

「記住，穆爾德已經不是你們想像中的穆爾德了，雖然保有人類的回憶，但他現在站在的是黑岩蟹的那方，從侵入他的領域那刻起就會被當作敵人，如果宰了他家的螃蟹那就更不用說了。」

「先把衣服換一換吧，休息一下吃飽一點，距離晚上還久。」岡札雷斯拎著魚叉準備再次進水，腦袋裡正思考著那裡採得到一起燉魚肉的野菇。

妮娜試圖梳理思緒卻一再打結，在她所認識的穆爾德絕不會做出這樣的事，這樣的想法得不到認可的情況下，她只能將脾氣都發在邁爾身上，不斷在他身邊繞著斥責他直到終於入夜。

＊＊＊

「除非你們活膩了，不然就好好記住我說過的話，想證明自己已經長大了，就好好為自己負責。」邁爾舉著火把，將他們引導到了一處低窪地後挪開了一根腐朽的樹幹，露出了一個能讓成年人擠入的垂直洞口。「裡面比想像中的還要寬一點，但還是很多分岔路要認，跟著水流走就對了。」

「嗯。」岡札雷斯舉起火把，用腳四處試探，尋找穩固的踏足點後慢慢地攀降而下。洞壁雖然濕滑，但可以踏足的點相當多，雖一手舉著火把，沒一會兒功夫岡札雷斯已經攀降了兩公尺，踏到了洞底。「先幫我把東西丟下來！」岡札雷斯揮揮火把示意，瑞爾再次確定包裹上繩結的鬆緊度後將其拋下。

「謝謝啦邁爾叔叔。」瑞爾點頭致意。

「不要再使小孩性子了，下面的是真正的獸域，有人類意識的獸主管控著的獸域。」邁爾講完，便踏上了返回小屋的路。直至現在，他依然沒有告訴三人他來湖邊的目的。邁爾會獨自一人出外遊晃並不是什麼罕見的事，反而村裡的人疑惑的是他為何至今不曾遠行，熱愛野外的他，憑藉著優異的體能理應能有所作為，時至今日卻仍然在泰戈村裡蹉跎。

火光照耀下漆黑的洞窟裡閃耀起了一條白色長河，地底河幾百年來隱藏在山林之下流淌著，默默地為遠山湖注入著活水。洞內並不如三人想像中的潮濕，對比冷風吹襲著的森林裡頭反而溫暖了許多。誠如邁爾所說，下到了踏足點後，洞窟裡的寬敞度完全不會讓人感到不適，三人一手拿著火把、另一手則將斧頭靠在肩上，做好隨時能舉起揮砍的姿態。洞窟的內壁充滿了火光照不亮的深邃黑洞，三人像進入了一塊巨大乳酪內部，跨過盤根錯節的樹根與深褐色的詭異藻類他們開始前進。

「我以為一下來就會看到很多螃蟹。」岡札雷斯壓低了音量，但在靜謐的洞窟裡這樣的音量還是擾動了空氣。突然間沙沙沙地聲響從四面八方響起。一瞬之間，岡札雷斯看見了前方的小洞裡閃過了兩隻黑色長腳。「應該都藏在洞裡面，小心，離洞口遠一點。」他幾乎是用氣聲道著。

壓抑住一探黑岩蟹真面目的心，他們小心翼翼地前進。隨著路徑的深入，空間開始變得狹隘，有一些路段他們必須爬行前進以避開從洞頂穿透而入的巨大樹根，樹根包覆著大量巨石懸在洞頂，讓妮娜想起白城旅店裡懸掛在天花板上的蠟火架。突然間一個失察妮娜一腳踩空，滑進了側邊的坑洞裡，她伸手胡亂捉抓著，才搆到一條樹根，阻止自己下滑。

「啊！」顧不得右腳傳來的疼痛感，她低頭一望，自己遺落的火把正卡在一個充滿瘤刺的黑色生物上，滋地一聲，火把的火逐漸被黑色生物濕氣熄去，開始飄盪起了白煙。火光熄滅之際她抓緊住岡札雷斯遞來的手，一把被拉離了洞裡。「糟糕了，弄醒牠了。」妮娜跌坐在旁，下意識壓了壓膝蓋骨確認狀況。

瑞爾湊上前，即便知道洞口裡的生物是什麼，還是忍不住拿火把照了照，在火光的接近下，四隻黑色的長腳刮著洞壁開始攀升著，隨著蟹腳的身形越來越鮮明，瑞爾這才驚覺邁爾為何要他們將武器換成了斧頭。

被妮娜驚擾到的黑岩蟹，慢慢地橫爬出了洞口。雖有聽聞黑岩蟹的體型較一般螃蟹大，但如今在自己眼前出現了一隻有成人半身高、閃著黑曜石般光芒的巨蟹時，還是讓人驚慌。妮娜彎身撿起自己方才掉落的斧頭，當黑岩蟹張舉牠的巨鉗，威嚇作勢時，更讓她不由得握緊了斧頭。

「怎麼辦？」妮娜問道，蟹鉗形成的巨大影子在她臉上來回遊晃著，三人心裡都明白，如果被這大小的蟹鉗給箝制住，不會只是皮肉傷而已。啪搭一聲，瑞爾甚至在腦海裡想像著骨頭應聲斷裂的模樣。

「只能跑啊。」岡札雷斯應道。

「要往哪一邊？」

「往裡面，動作放小！留意自己腳邊。」眼見黑岩蟹的動作並不敏捷，已經來到這裡了，岡札雷斯還不想放棄。

三人與眼前的巨蟹對峙著，他們放低身軀，盯著依然張牙舞爪著的黑岩蟹，慢慢後退著。

「一……二……三！」聽著岡札雷斯的指令，三人拔腿奔逐了起來。

雖說要跑，但地面崎嶇不平且充滿了巨大坑洞，三人僅能以小躍步的速度逃離，所幸警戒中的黑岩蟹僅是在自己的洞口前橫移了幾步，並無追趕之意。

「我們放慢速度走，小心不要再踩空了。」離開了黑岩蟹的視線範圍後，岡札雷斯放慢了步伐。「我沒有想像到黑岩蟹的體型這麼大。」從剛剛的斥喝聲得知，黑岩蟹對聲音雖有反應，但大多都只攀到洞口警戒，似乎並不造成威脅。

「那個鉗子的大小是不是有點不妙。」妮娜心有餘悸。

「感覺牠們對聲音沒有很敏感，注意不要再踩進牠們的洞口，前面路越來越小條了，下一次就可能沒地方跑了。」岡札雷斯道，前方似乎傳來了有別於地下河流聲響的水聲。

「獸群不是會跟獸主共享記憶與感官嗎？所以說穆爾德會不會已經知道我們來了？」瑞爾稍稍鬆懈警戒心說道，語畢後瞥見自己手上開始轉黯淡的火把，不由得又緊張了起來，如果在這洞窟裡失去照明，待黑岩蟹醒來自己便會淪為盤中飧。

「停！」躍過了幾大顆亂石後，最前頭的岡札雷斯突然發號司令要身後的妮娜停下腳步。他舉起火把向前揮動，橘紅色的光芒向前擴散，照亮了四周。

「這個……」妮娜無法用言語形容眼前的景色，攀過亂石障礙後，眼前的空間突然開闊了數十倍。

幾隻閃動著綠光的螢火蟲在遠方的黑暗中拉曳出條條綠線，最後停在了被苔癬包覆著的巨大礦石上，一道巨大的噴泉從石壁中傾瀉而下，在暗無天日的地下洞窟裡注流出一池半徑約莫五十公尺的廣闊水域，三人一路尋覓著河流而來，最終讓他們尋獲了源頭。

螢火蟲、泛藍光的礦石、地底瀑布，太多新奇的事物在他們眼前展開，然而他們還沒來及多欣賞鬼斧神工的美景幾眼，便被池畔邊數以百計的黑岩蟹吸住了目光，若不是其中幾隻正巧張舞了四肢移動，牠們乍看之下就像平凡的黑色岩群難以察覺。不論黑岩蟹的名稱由誰命名，瑞爾由衷地認為這是一個名副其實的好名字。

三人與蟹群間隔約十公尺，憑藉著火把的火光與池水的反光雖無法看清蟹群全貌，但他們明白蟹群這樣的密集度完全阻礙了他們的前行路徑，說到底他們也不知道穆爾德藏身在這池水的何處。

「怎麼辦？」妮娜問道，直到此刻她才想到，倘若穆爾德成為了新獸主的話，是否仍會留有人類外觀？抑或是與之同化？從小到大聽聞的故事與歌謠中，從來沒有明確講述過。

「如果貿然接近的話，說不定會被一鉗夾死。」岡札雷斯腦袋裏百轉千迴，努力想理出一個好方式來帶領他們通過這裡。

「穆！！！爾！！！！德！！！！」說時遲那時快，瑞爾跳上了一塊大石頭，居高臨下地大聲喊叫。聲音撞進了寬闊的地下洞窟，在裏頭盲目地碰撞了幾次，最終跌進瀑布濺濺的水聲裡。

「幹什麼！？」

「你不是說他們對聲音沒什麼反應，所以直接叫穆爾德，讓他知道比較快啊。」瑞爾道，他的語氣不像是在鬧脾氣。

「剛剛的是躲在洞窟裡的，現在不太一樣了。」岡札雷斯壓低了火把，將身體隱蔽在一顆渾圓的大石頭後，靜觀著黑岩蟹群。聽聞瑞爾喊叫聲後的幾秒，距離三人最近的黑岩蟹群只是緩慢地挪動了人類手臂長的四肢，正當岡札雷斯鬆了一口氣以為沒有黑岩蟹群沒有反應時，突然數十隻黑岩蟹舉起蟹螯開始刮著自己粗糙的蟹腳發出喀哩喀哩的摩擦聲。像是傳遞著訊息一般，此起彼落的聲響響徹整個地下洞窟。

「怎麼了！？牠們在幹嘛？」妮娜語氣驚慌，眼見岡札雷斯也沒辦法回答她，她一把拿走瑞爾手上的火把，探照了剛鑽過來的那條狹隘道路，確認著剛剛經過的那些黑岩蟹有沒有跟著做起反應。所幸剛經過的路依然只有純粹的水流聲，乳酪般的坑洞裡沒有任何變化。

「沙蟹的聽覺器官在腳上面，牠們製造這樣的摩擦聲，通常是要警戒、宣示地盤。」岡札雷斯道，儘管相當短暫他也曾有過一段跟著玩伴四處奔逐，趴在溪邊觀察野生動物一整天的時期。「先不要輕舉妄動吧，觀察一下。妮娜妳繼續幫我留意一下後面的狀況。」

「嗯。」妮娜持續觀察著他們僅有的一條退路。夾在中間的瑞爾自覺闖了大禍，但並不內疚，畢竟除了以聲音呼喚以外，眼前的確想不到其他辦法與穆爾德取得聯繫。他覺得自己從小到大對於獸主的想法實在過於膚淺，在他的假想裡，成為獸主後會成為領主般的存在，統御著一片寬廣的森林或湖泊。如今穆爾德竟生活在眼前這樣濕冷陰暗的洞窟裡，完全顛覆了他的想法。

那麼角蟒沼澤的獸主，永生都要泡在汙濁的沼澤水之中。想到這裡，他更無法理解追獵獸主的意義了。

群蟹約莫鼓譟了十分鐘，才終於又各自緊縮成團佯裝回岩石的模樣。三人的獸皮衣逐漸被水氣滲透，手腳開始不聽使喚地顫抖起來，就連手掌心與斧柄的摩擦都凍得難熬。「我過去吧，我儘量避開牠們，從牠們之間穿過去，往瀑布那邊走。」岡札雷斯終於下了決定。

「你不是說牠們剛剛的動作是在宣示地盤嗎？」瑞爾道。

「現在也沒其他辦法了，如果要說穆爾德會在哪裡的話，感覺就瀑布下面，蟹群的中心點可能性最高了。」他說著連自己都懷疑的假設。

岡札雷斯的語氣不容置喙，其餘兩人沒能給出任何意見，眼睜睜看著他的身影逐漸遠去。岡札雷斯緩緩登上了小陡坡，手上火把的照射下他的影子拉得細長，沾黏在瑞爾的鞋尖上，突然間一股不祥的預感衝上腦門，瑞爾移動了腳試圖踩住岡札雷斯的影子，卻只能看著影子從鞋底脫逃。

「如果發生了什麼事，你們就跑！不要回頭直接跑出去！」岡札雷斯輕喊，做著最後叮嚀。

怎麼可能會這樣會放著你直接跑，瑞爾與妮娜心裡同時間浮出這樣的回應，但都沒有說出口。岡札雷斯的人形在開始變得模糊，即便行囊裡還有備用的魚油，但如今變得微弱的火光正好能岡札雷斯多幾分隱蔽感。當他低身繞過一隻黑岩蟹時，黑岩蟹眼珠被光線照射，反射出了白色的光芒。黑岩蟹的雙眼擺動了一下，正緊盯著岡札雷斯看，讓他不由得放慢了步調，舉著腳在空中緩緩前踏，試探著牠的反應。

眼見黑岩蟹沒有敵意，岡札雷斯動作變得大膽了起來，加快了步伐，左彎右拐地一連穿越好幾隻黑岩蟹已置身在了蟹群之中，從妮娜的視角望去，岡札雷斯向身陷黑色沼澤的旅人，半身被沒入沼澤之中，盼望火把的餘光能為他吸引到人來救援。妮娜回想起第一次認識瑞爾的時候，自己就是站在坑洞上頭，俯視著哭鼻子的他，當下的她心急如焚地想拯救瑞爾，長大後卻時常後悔，當下沒能好好戲耍他一番。

「我們要到什麼時候才能夠獨當一面？不用這樣看著別人為我們做事？成年式後嗎？」瑞爾為妮娜舉著火把。

「成年式之後也沒辦法的，如此弱小的我們不可能一夕之間就就變得堅強、變得強悍。」妮娜罕見示弱。講堂裡能夠比較的對象都是比自己年紀輕的孩童，這讓妮娜失去了判斷力，自以為自己出類拔萃。這一趟的遠行與前往白城參加祭典的車隊遠行截然不同，路程顛簸之外物資相當匱乏，這四天裡看著岡札雷斯在寒風裡為他們奔波，妮娜終於了解了自己有多麼弱小與無知。

突然間岡札雷斯的火把滯留在同一個定位不再前行，看不清岡札雷斯遇到什麼情況，兩人雖然想放聲大喊確認但他們知道自己能做的只有噤聲避免製造騷音。洞窟裡的空氣就這樣僵持了數分之久，火光漸漸燒盡，黑暗變得越加厚實，像一整塊大布幕蓋到了他們身上。

「喀喀！喀喀喀喀喀！喀！喀喀喀！喀喀喀喀喀喀！喀喀喀喀喀喀喀喀喀喀喀！喀！喀！喀喀喀喀！喀喀喀喀！喀喀喀喀喀！喀！喀！喀喀喀喀喀！喀喀喀喀喀！喀喀喀喀！喀！喀喀喀！喀喀喀喀喀喀喀喀喀喀！喀！喀喀！喀喀喀喀！喀喀喀喀喀喀喀！喀！喀喀喀！喀！喀喀！喀喀喀喀喀！喀喀！喀喀喀喀喀！喀！喀喀喀！喀喀！」黑岩蟹的摩擦聲頃刻間蔓延整個洞窟，比起上一次的聲響，這一次的聲音尖銳地讓人難以忍受。

「岡札雷斯！」瑞爾大喊，聲音卻壓不過惱人的摩擦聲響。以岡札雷斯的火光為中心，最外圍的黑岩蟹開始向內移動，撞見這副場景的瑞爾更是撕開喉嚨大吼起岡札雷斯的名字，卻得不到任何回應。同一個時間點裡，瑞爾與妮娜各自舉起了斧頭，手掌心裡緊握著斧柄，是現今唯一他們能掌控的東西。兩人相望一眼，一個躍步翻躍過小陡坡，往岡札雷斯的光奔去。

「不要動！」突然間，岡札雷斯的喊叫聲頂開摩擦聲傳到了他們耳裡，定住了他們雙腳。

「你那邊沒事吧？」妮娜喊叫著，除了一團橘色火光以外，他們這個角度什麼都看不清。

「幫我拿著。」瑞爾將火把遞給了妮娜，自己的斧頭則已經揹在了背上。他抓著洞壁上的樹根，輕盈地蹬了幾步便爬到了高處，像一隻猿猴般伸長脖子遠眺著。

「怎樣？那邊怎樣了？」

「螃蟹把岡札雷斯整個圍起來了。」瑞爾道。岡札雷斯一個人舉著火把，被蟹群團團包圍，最前頭的黑岩蟹每一隻都舉高了大螯，讓他完全找不到脫逃的空間，只能站在原地用火光威嚇蟹群。

「喂！」妮娜拾起一顆拳頭大的石子朝蟹群飛擲而去，但石子就像墜入深井裡般無聲地沒入了黑暗之中，絲毫吸引不到蟹群的注意力。「怎麼辦？」妮娜問瑞爾。

「我也不知道。」

畫面切到了蟹群之中，岡札雷斯緩緩地蹲下身體，眼睛直盯著前方的黑岩蟹，邊從腰間摸出了一塊固化的魚油放進了火把上的孔洞，頓時間火光綻裂，最前方的幾隻黑岩蟹被突如其來的熱氣蒸得不由得地縮回了雙螯。果然與自己想得沒錯，長年生活在地下洞窟的黑岩蟹畏懼火光，岡札雷斯慶幸了幾秒，又立刻把思緒拉回來眼前面臨的危險場面。說到底會變成這樣都怪自己不小心跌坐到了黑岩蟹身上。

「妮娜！瑞爾！」岡札雷斯大聲喊叫，聲音似乎激怒了黑岩蟹，最前方的一隻蟹大螯揮了過來，差點揮飛了他的火把。眼見蟹群習慣了火光開始趨前，他竟有些後悔方才命令瑞爾與妮娜遇到危難時直接逃跑，但他明白如今能夠助他脫離這個困境的人，只有一個。

「穆爾德！」岡札雷斯朝著揮螯的那隻黑岩蟹大喊，雙方四目相交，他希望獸群會跟獸主共享記憶與感官這一點是正確的。「穆爾德，我是岡札雷斯！」穆爾德曾在岡札雷斯兒時當過他們的講師，在他的喊叫下，眼前的黑岩蟹停了全身動作，只留下兩顆拳頭大的眼珠依然轉動著。

岡札雷斯盯著黑岩蟹嘴上吐著的白泡，靜候著自己對穆爾德的呼喚能起作用。遠處，瑞爾與妮娜的那個方向傳來稀稀落落的聲響，得知他們正用著某些方法試著幫助自己，讓岡札雷斯感到相當欣慰，但可以的話他希望此時他們能先保持安靜，不要破壞他與黑岩蟹的對話。「穆爾德，你在嗎？我是岡札雷斯，我跟妮娜，白楠木．妮娜一起來找你，我們不是什麼敵人！」得不到任何回應讓岡札雷斯有點焦急，黑岩蟹依然保持著相同動作，繼續吐著白泡。

黑岩蟹所發出的摩擦聲逐漸減緩，岡札雷斯開始深信起共享感官的這一套說法，於是乎他跨出一步，將斧頭收到背上，用右手示意黑岩蟹自己並沒有惡意。「穆爾德，如果你有聽見，給我一點回應好嗎？」

風馳電掣間，黑岩蟹用超乎常理的速度刺出了蟹螯，一回過神來，岡札雷斯的右手被黑色大鉗夾住，一陣劇痛瞬間從手臂刺竄進了大腦。「啊！！！！！！」岡札雷斯大叫間想抽回自己的手臂，卻被定在了空中動彈不得。喀！喀！喀！岡札雷斯聽著自己腕骨碎裂的聲響，眼眶瞬間綻出了淚來。

「啊！！！！！啊！」岡札雷斯左手舉著火把，用腳使勁踹著黑岩蟹，但每一腳踢在牠的堅硬外殼上，換來的只有腳跟的疼痛感，黑岩蟹聞風不動，甚至緩緩地伸著另一隻大螯要箝制住岡札雷斯的腳。

「走開！」岡札雷斯用火把刺上黑岩蟹的雙眼，頓時冒出一陣白煙。「啊！！」岡札雷斯撕心裂肺地大吼，被火灼傷雙眼的黑岩蟹一個慌亂，舉起大螯，將岡札雷斯甩飛了出去。

被甩飛的岡札雷斯墜跌入了地下河裡，四周一片黑暗，他的左手循著右手臂一路摸向手腕，摸到了一坨垂黏在手臂上的塊狀物，他知道那是他已經沒了知覺的手掌。他與他的右手掌間的聯繫僅存那些許爛肉。

瑞爾從高處看見岡札雷斯被拋到水中後領著妮娜避開黑岩蟹，涉水往岡札雷斯的方向而去。

「妳那邊還有魚油嗎？」瑞爾奔跑著，自己踐踏起的水花濺進眼裡模糊了視線。

「給你。」妮娜從包裹掏出兩塊被壓得扁平的魚油，遞到了瑞爾手上。

「好。」瑞爾朝火把添加了魚油，光線的半徑擴大了兩倍，這時他們才得以看見除了圍繞在瀑布區外，邊壁也滿是坑洞，一個坑洞若有一隻黑岩蟹，起碼還有兩百隻以上留駐在洞裡。「岡札雷斯就在前面一點點而已，斧頭拿著。」瑞爾用火光驅趕著地下河邊的黑岩蟹，河水凍得他們必須快速踏步以減少腳掌凍僵。河流上的黑岩蟹數量比想像中的鬆散，任憑岸上的蟹群又開始摩擦蟹足發出噪音警告，他們還是憑藉著火把開路來到了岡札雷斯跟前。

「沒事吧？」瑞爾伸手想拉岡札雷斯，看見他的斷臂瞬間愣在原地，岡札雷斯面容痛苦，左手緊握著右手手腕，依然止不住鮮血，河流被染上一片嫣紅。

「啊！」看著岡札雷斯的模樣，妮娜急忙卸下手臂上的蛇皮腕帶為岡札雷斯止血。「沒事吧？」妮娜邊動作邊問，她內心千頭萬緒但很快地發現了一件更急迫的事。在他們停下腳步不久，黑岩蟹群們悄悄地圍了上來。當瑞爾把火把舉離了岡札雷斯面前時，這才發現他們已經被蟹群給包圍。

「小心。」岡札雷斯左手掄起斧頭警戒著，從剛剛黑岩蟹襲擊他的時候，他察覺到了這些螃蟹認真要攻擊人時速度迅疾如雷。

「為什麼？怎麼會這樣，穆爾德叔叔不是應該要在這裡嗎？難道我們被騙了？」妮娜簡易地包紮好了岡札雷斯的右手。看到這樣的傷後，她開始懷疑起穆爾德成為黑岩蟹獸主的情報是錯誤的，倘若這裡真的是穆爾德的領地，他不是應該會現身與她快樂暢談，甚至為她好好介紹黑岩蟹的生態嗎？到底是什麼造就了現在這血腥的場面？

「穆爾德叔叔，我是妮娜啊！？」妮娜大喊，但黑岩蟹依然緩緩地接近著，逼得她也舉起了斧頭。「我們都是泰戈村的人啊！在你講堂上過課的岡札雷斯受傷了啊！！！」

「沒用的！我剛剛試過了，牠們沒有任何反應。」岡札雷斯忍著劇痛，思索著要帶著兩人從哪一邊開始殺出生路。

「怎麼會，穆爾德叔叔，是我啊！」一股悲愴感突然從胃的底層翻攪而出、重擊著胸口讓她不由得流下了淚來。在得知穆爾德成為遠山湖的獸主後，她與家人們為他的成功歡騰了一整週，若不是體之祭的憾事發生，現在他們可能還沉溺在白楠木家族即將壯大的喜悅感中。

「沒時間了，必須直接闖出去！牠們的速度比想像中的還快，現在看起來很慢只是因為牠們沒有攻擊的意思罷了！」岡札雷斯鎖定了一條路線，單手持斧準備迎上前去，卻發現妮娜與瑞爾仍定在原地。「你們幹嘛？」

「太可笑了吧？」瑞爾低著頭，看著沾在手上的血液。「大人們渴望著、追逐著的就是想成為這樣的獸主？連自己靈魂都沒有，這種漫無目的攻擊別人的生物？太可笑了吧。」

「那不重要，該走了。」岡札雷斯痛到快暈厥過去，仍試圖扮演好領導者的角色。

「穆爾德叔叔！」妮娜依然停在原地。「我爸爸跟我說過，他與穆爾德叔叔年輕時也一起去過藍狼森，我相信他一定可以透過其他黑岩蟹眼睛看到我」

妮娜的父親比穆爾德大了約十五歲，而穆爾德也是年過了四十才生下了女兒。白楠木家族的人正如其姓氏，像楠木一樣堅韌長壽，多的是老來得子的狀況。小時候，妮娜最喜歡跟父親與叔叔一起去釣魚，邊撿著石頭打水漂，邊聽著兩人吹噓著自己生活在獸域裡時，經歷過多少光怪陸離的場面。她記憶最深的是父親曾帶著當時才十五歲出頭的穆爾德一起到藍狼森裡探索獸主的故事。

藍狼森腹地廣大，是一片布滿巨大松柏的森林，聽聞著長輩們說著裡頭充滿了兔子、松鼠等獵物，自詡狩獵技術優異的兩人僅帶著約莫五天份的糧食便進入了森林。但到了第二天，兩人就發現自己錯得離譜，從一進到森林兩人便覺得自己不斷被監視著，即便知道藍狼潛伏在自己周遭，能看到的只有一閃而過的藍色影子，想狩獵野味來填飽肚子，能尋覓到的只有血跡與獸毛。

藍狼無意攻擊人類，但也不願意將自己領地裡的獵物讓食給他人。被徘徊在身邊的藍色身影吸住了注意力，意會過來時已經太過深入森林。在看不見陽光的巨林裡，兩人迷失了方向，靠著蒐集野菜野菇度過了一週，兩人變得衣衫襤褸，甚至聞得見彼此身上的異臭。妮娜的父親開始懷疑起近三十歲的自己怎會愚昧地敗給了這片森林，精神逐漸變得不穩定，當他被濃濃的挫敗感纏上身之際，一頭藍狼從森林裡走了出來。

藍狼比一般成年的狼大上一倍，雙顎長而寬，裡頭的犬齒像是快頂開顎唇而出。長者們的描述果然不假，除了臉與腳掌偏白，藍狼全身毛髮如天一般藍，牠的毛髮並非蓬鬆柔順，而是糾結成了一束一束地，這樣混著泥土與塵埃的毛髮質感給人一種自然感，更讓人打從心裡敬重了起來。

「為了什麼而進入森林？」藍狼沒有開口，但傳來了一個沉穩的女性聲音。

「我們只是想親眼目睹一次藍狼而已，沒有惡意。」妮娜的父親道。

「如今你看到了，離開森林吧。」藍狼又輕輕往前了幾步，牠的巨大的腳掌踩在地上竟沒有一絲聲響。「如果不知道路，我可以為你們指引離開的路，但不要再回來了。」

「你是藍狼的獸主，五掌楓．安妮嗎？」十五歲的穆爾德追問。

「孩童，我無意回答你的問題，只需告訴我你願不願離開這座森林，想走的話，就跟著牠走吧，如果想繼續留在這裡也可以，只是我不允許我們的領域遭到任何破壞，倘若讓我察覺到你們對這片土地的一切有任何惡意的話，相信我，你們會後悔的。」藍狼獸主五掌楓．安妮緩緩道完後，重新步入了森林，留下了一頭藍狼為兩人引路。

自從聽過這段故事後，每當妮娜到了白城，就會登上奔馳廣場上的瞭望台，朝著藍狼森的方向遠眺，幻想著自己與藍色皮毛的狼群們在森林裡奔馳。

「穆爾德叔叔！」妮娜扯下另一手的蛇皮腰帶，將上頭刻烙著的白楠木家徽展示在黑岩蟹面前。「你不是說過像五掌楓・安妮這樣溫柔的獸主才是真正的獸主嗎？現在這個到底是什麼回事!?」

看著妮娜與瑞爾陷入自己的偏執之中，岡札雷斯卻也沒有時間去懊惱自己為何答應攜帶兩個心智不成熟的孩子出遠門，黑岩蟹已經圍了上來，黑岩蟹汙濁的黑色甲殼幾乎遮蔽了視線，完全找不到逃離路線。

「就為了成為這種又髒又黑的螃蟹，人類不惜殺害自己同類是不是啊！」踩在河水裡，雙腳幾乎失去知覺，瑞爾此時想得到的將怒氣發洩到黑岩蟹身上。

瑞爾拾起一塊石頭，往黑岩蟹身上砸去，遭到石頭砸擊的黑岩蟹頓了一拍，旋即揮動大螯而來。「小心！」岡札雷斯用肩膀將瑞爾頂開，讓他跌入河裡避開了長著黑刺的大螯。「啊！不管了！」岡札雷斯左手猛力一揮，在空中劃出一道銀月，斧刃粗暴地嵌進黑岩蟹雙眼之間，汁液飛濺而出。

被擊中的黑岩蟹像洩了氣一般，雙腳抽動了幾下後隨即癱倒在地上，當岡札雷斯拔出了斧頭，深褐色的汁液流了一地。周遭的黑岩蟹像是能感受到同伴的死亡氣息一般，不約而同後退了幾步。

「非到必要千萬不要動用斧頭，如果殺了黑岩蟹，只要一隻，就一隻，立刻折返出來，不要再想著要找穆爾德了。」邁爾的話在岡札雷斯腦海響起，他也想跑，想逃到上面去包紮右手，但環顧四周，壓根沒有一條生路為他們打開。

「滾開！再往前的我通通砍死你們！」岡札雷斯朝著黑岩蟹怒吼，用力過度後他發覺自己視線開始發黑。

突然一個陰沉的男聲從蟹群裡傳出，將三人嚇了一跳。

「你在砍下了這一斧之前有做好了心理準備嗎？小子！！！」瑞爾右斜前方的蟹群突然往左右邊退讓出了一條路來。一隻黑岩蟹步履蹣跚地走近了三人。「我們所擁有的領域就這麼一點點而已，你們為何還要侵入？」

「穆爾德叔叔！？你是穆爾德叔叔對吧！？快叫這些螃蟹們通通讓開，岡札雷斯受傷了！」妮娜立刻察覺黑岩蟹所發出的男聲是穆爾德的聲音。

「我知道他受傷了，黑岩蟹的所作所為都是遵從著我的意志。」發話的黑岩蟹外觀與一般的黑岩蟹無異，穆爾德的人類樣貌以不復在。「我下達的命令很簡單，就是守護這個領域而已，會受傷都是咎由自取。」

「啊？」妮娜疑惑道。

「小子，你做好心理準備了嗎？」黑岩蟹獸主穆爾德無視妮娜，走近了岡札雷斯，除了走動以外，牠沒有其他動作，穆爾德的聲音像是直接從眾人腦海裡浮出一般。

「什麼準備？」即便黑岩蟹的身高約莫只有他的半身高，岡札雷斯還是被那黑色的甲殼裡所散出的濃厚殺意給釘在原地。

「死。」

「等一下，穆爾德叔叔，他是岡札雷斯啊！以前曾上過你講堂課的岡札雷斯！莉莉絲的哥哥啊！」

「不需要提醒我，妮娜，我仍保留著原有的記憶。」穆爾德說。三人望著這裹著黑色甲殼的生物，記憶中穆爾德的面容竟開始模糊了起來。

「你不是穆爾德吧？穆爾德叔叔不是這種人。」

「重點不是我曾經是誰，而是我現在是誰。你們為了什麼而來？為何要侵擾我們的領域。」

「我只是想來問你，人死後靈魂是否真的會變成異獸，如果是，那莉莉絲會在哪。」岡札雷斯發問。

「不會，死了就什麼都沒了，僅會留下一具肉體，慢慢腐爛回歸自然，想保留你的靈魂，唯有成為獸主。」穆爾德回應。

「為了變成獸主，你不惜殺了自己的朋友，告訴我你覺得這樣值得嗎？」瑞爾沒等岡札雷斯消化完這個答案，逕自搶了發問權。

「值不值得，你又該怎麼判別？成了獸主後，你會繼承大地的記憶，知悉了太多之後人類的價值觀再也與我無關。」從穆爾德開始發言後，蟹群停下了所有動作，蜷縮成一顆黑色的球，像是等候著他的指示。「這塊土地也不需要人類也不需要人類的價值觀，你們在這裡不受歡迎。」

「什麼不需要人類？難道連蒂雅來你都不願見嗎？」這次換妮娜搶了發話權，三人的連番質問讓整個對話變得破碎，難以聚焦在同一個質問上。

「你們的問題太多了，我沒有回答你們的義務。」穆爾德移動了蟹身，轉向了一臉迷惘的岡札雷斯，他的手依然滲著血，然而他已沒有知覺，沉浸在穆爾德的回答之中。即便自己也知道死亡之後會化身為森林裡的異獸只不過是沒有根據的傳說，如今從穆爾德口中得知，依然難以置信。「我要做的只有保護這塊土地而已，現在付出代價吧，岡札雷斯！」兩道黑眼閃過。

「啊？」岡札雷斯疑問句還在卡喉頭，突然一陣熱辣感燒上他的喉頭。「痾……」他嘔出一口鮮血，低頭一望，兩隻蟹足插在他的胸口與腹部，穆爾德的速度快到沒有人來得及做出反應。

「啊！！！！！！！！」妮娜與瑞爾同時哀號！

「殘殺了我的同類，就必須付出相對應的代價。」穆爾德抽出蟹足，頓時鮮血飛濺，岡札雷斯倒進了河水之中，瞬間染出一片嫣紅。「我們黑岩蟹太脆弱了，我不能讓別人認為我們是溫吞的生物。」

瑞爾扯碎衣袖正想為岡札雷斯止血，卻看見了鮮血混著深紅色的臟器正從岡札雷斯肚子上拳頭大小的傷口溢流而出，他楞在原地無法言語，只覺一陣嘔吐感正要湧出。小時候第一次看到爺爺剖開了鹿的肚子，粉紅色的腸子整團從切口滑出時，他也是此般作嘔。

「我……不想死。」岡札雷斯又嘔了一口血，癱倒在地上的他突然顯得瘦骨嶙峋，鮮血隨著他的抽搐動作不斷湧出。「我以為……莉莉絲死了我活著也沒有意義了，但是……我不想死，我……好冷我……」

帶著再也見不到莉莉絲的絕望，岡札雷斯浸泡在冰冷的河水裡，閉上了雙眼。

「你幹了什麼！王八蛋！」瑞爾大吼，沒有絲毫拖延，岡札雷斯的生命在他面前炊煙般消逝，生命脆弱得讓他頭痛欲裂。「啊！！！」他試圖舉起斧頭砍向穆爾德，卻雙腿一軟，跪倒在了岡札雷斯染出的紅色河流之中。

「他是岡札雷斯啊！泰戈村的人啊！我們的朋友啊！」妮娜嘶吼著。「你到底怎麼了！穆爾德！！！」她無法相信眼前這黑色甲殼裡的靈魂是那一個曾往她領口丟臭椿蟲，常胡鬧的叔叔。

「人的性命有比獸還要高貴嗎？在自然面前，一切平等。帶著他的屍體回去吧，告訴所有人，黑岩蟹的洞窟裡不歡迎任何人類進入。」

「我不懂！到底是什麼讓你變成這樣？」妮娜腦海裡還是充斥著那個逗趣、善於製作漁獵陷阱的穆爾德叔叔。

「妮娜，世界非常的大，想知道一切的話，穿越菌絲叢林吧，在那裡妳會知道，人類有多無知、多傲慢。」穆爾德退進了蟹群之中。「不要再前進了，再前進一步，等待你們的只有死亡。」穆爾德的聲音迴盪在洞窟之中幾圈，最後被瀑布聲給蓋過。

＊＊＊

終章　背棄靈魂的人生抉擇

「愚蠢的孩子們。」邁爾駕著馬車道。一早在瑞爾與妮娜依然深睡之際，邁爾將岡札雷斯的屍首搬上了馬車，僅用一塊髒布蓋著。

「你早就知道我們很可能被殺了嗎？」瑞爾縮著身子，這是這段日子他第二次將自己塞在馬車的角落。

「踏進獸域就要有喪命的覺悟，道理就是這麼簡單。」邁爾操弄著韁繩，懶得回頭沾惹後方的悲愴。「自然之中就是如此，適者生存，不適者淘汰，即便我今天擋下了你們，阻止了你們，總有一天你們也還是會在其他地方遇到生死存亡的危機，人類總是這樣，非要經歷過一輪才懂得自己有多弱小。今天就是岡札雷斯輸了，他不夠強壯，就這樣。」

「要安慰你們什麼的太麻煩了，你們有什麼想法就是你們自己的事，成年式後學會為自己負責，我能幫你們的只有送你們回泰戈村。」邁爾說完之後，繼續驅車前行，用三天的沉默為瑞爾與妮娜的遠山湖之行畫上句點。

然後時光飛逝，春至。十四歲孩童們企盼已久的成年式終於來臨。

成年式從每個孩童的家裡開始，泰戈村的五位代表身著繡著藍邊的傳統魚皮衣，在夜裡各自敲響自己區十四歲孩童的家門，在門口剪下他們的髮鬢後丟撒在家中，然後領著他們離開家門。這一天夜裡除了十四歲的孩童與進行儀式的人以外，所有人都禁止外出，寧靜的夜幕下除了遠處的狗吠以外僅存莫莫魯斯木輪椅移動時所發出的喀咖聲響。

當五個代表領著孩童在中央區會合後，他們發給每個孩童一節纏著草繩的檀木枝，讓他們用嘴銜著、保持靜默跟在他們身後，直至步入泰戈村西方的森林中。這一年十四歲的孩童共有六位，他們低著頭，跟隨著前方火光的引導，帶著各自的覺悟與目標前行。

從回到泰戈村後，瑞爾不再消極，轉而開始增加自己體能的訓練量，就連柴火的砍剖工作都自動加倍，就像將當初沒能朝黑岩蟹揮出的斧頭揮向粗大的木柴般，這個冬天薄霧家外的柴火多到甚至能發送給近鄰的人們。

進行儀式的森林，是禁止進入與狩獵的莊重領域，除了參與儀式的各職位人員，一般的村民只會踏入這裡兩次，出生時的授名禮與十四位的成年式。從村裡走到森林裡的路程冗長而乏味，讓壓不住喜悅的孩童們焦急難耐，當前方終於出現了另一團的火光，他們知道儀式的場所將近，終於能親眼目睹那長者口中傳述的巨大神樹。

神樹超過千年樹齡，經歷過多次雷擊與森林野火依然屹立不搖，泰戈村人相信裡頭寄宿著守望著村人們的自然之靈，百年來維持傳統，在此向神樹匯報孩童的出世與成年。神樹周遭圍繞著十四個配戴著意義不明骨頭飾品的綠衣人，他們雙手交叉高舉在臉前，各自守望著眼前的火把。不少孩童都曾攀登在自家的屋頂，對著西方森林裡指手畫腳，爭論著哪一棵特別高大的樹木才是神樹。如今他們得以從下方仰望，但如此大量的火光照耀下，依然驅逐不開樹頂的黑暗，樹幹延綿向上就一條看不到龍首的巨龍，神樹的真實樣貌依然是個謎團。

「泰戈村之守望主、自然之靈、神聖之樹。凜冬已去、春日已至，吾等今日群聚於此向您匯報，十四載前襁褓中的孩童，如今皆已成長茁壯，成為思慮聰敏能獨當一面的大人。在此以血為祭，為您灌溉，願您長存在森林之中，繼續為獵者們守望。」最年長的中區代表銀鮭·莫莫魯斯跪在神樹之前，輕吞慢吐地說完了禱詞，隨即在其他代表的協助下坐回了木輪椅，從一只老舊的木盒中拿出一支獸骨匕首與一張羊皮紙。

「鐵礦·查德向前。」按照羊皮紙上的文字，莫莫魯斯輕喊孩童的姓名。「願承受冶鍊之艱辛以蛻變——鐵礦家族之子查德，向神樹許下你的願望。」莫莫魯斯用匕首在查德手掌刻下了鐵礦家徽，示意他將鮮血滴上樹根。

希望雙親能打消遷移到十勝鎮的念頭，在他們遠行前，能為賦予自己自主決定一切的權利。查德暗自講完了願望後捏緊右手讓鮮血像夏日午後的第一陣雨般在鬆軟的土層上滴出了數個凹洞。

瑞爾從後方看著查德鮮血流淌的右手，想起那晚岡札雷斯手臂的碎肉，無數個夜晚裡，吞噬莉莉絲的烈焰與沾滿鮮血的蟹足侵擾著他的夢。「白楠木·妮娜向前。」莫莫魯斯的聲音將瑞爾拉出回憶，他看著妮娜緩緩地走向前的姿態，曾幾何時妮娜已經開始散發出成熟女性的韻味，自己卻從不曾留意。「汲取大地之養分，屹立於狂風暴雨中，堅忍不拔、不屈不撓——白楠木家族之女妮娜，向神樹許下妳的願望。」

妮娜望著手掌上鮮紅的樹狀家徽，在第一滴血垂流而下之前，她暗自許下了心願「我要超越大人們，憑藉我的實力穿越菌絲叢林，去親眼見證這個世界的真實面貌。」妮娜纖細的手用力一揮，鮮血如飛石噴濺而出，在褐色的樹皮綴上斑斑紅點。她抬頭仰視神樹，神樹的巨大體態就像她始終跨越不過的與成年人間的差距，直挺挺地佇立在她的跟前，對她百般阻撓。成年式完成後，自己終於跨出了第一步，接下來自己將會更加努力，去爭取、去突破，總有一天要擊碎所有擋在自己跟前的阻礙。十四歲的妮娜暗自期許著。

「薄霧・瑞爾向前。」瑞爾深吸了一口氣，走到了莫莫魯斯身旁，他彎下了身子，以便讓輪椅上的莫莫魯斯能抓住自己右手。「如雨如空氣、有形亦無形。——薄霧家族之子瑞爾，向神樹許下你的願望。」

那怕要砍光森林，我也要穿越菌絲叢林去看看穆爾德口中人類的愚昧是什麼，我要親眼見證這片大陸上的真相，不惜任何代價。瑞爾用手指扳開了手上的刀痕，等待血液流滿了整個掌心後倒到了外露的樹根上。

獻血儀式六個孩童被帶開來圍繞在神樹四周，五個代表們低鳴為他們唱起告別孩童時期的最後一首歌。

翠綠蟲蛹繫於樹梢　澄黃魚卵沉在河床
秋去冬亦去　歲月飛逝
毛蟲掙脫蛹殼羽化　翩翩飛蝶
秋去冬亦去　歲月飛逝
鯽魚頂破卵鞘孵化　悠優游魚

蹣跚學步的男孩啊
咿呀學語的女孩啊
歲歲年年月月日日　時光白駒過隙
如今驍勇善戰　足智多謀
善戰的獵人啊
善戰的獵人啊
奔向荒野吧　迎向森林吧

智勇的獵人啊
智勇的獵人啊
潛入湖泊吧　踏進沙漠吧

未來正展開　未來正等待

歌聲絕斷後舉火把的綠衣人將火把全數熄滅，眾人陷入一片漆黑之中。

六個第一次經歷這漆黑的成年人並不驚慌，他們始終保持緘默跪踞在原地，跟著眾人環繞著神樹，在黑暗之中傾聽大自然的聲音與神樹的低語。直到遠處一盞火光燃起，另一名綠衣人來接他們離開這片森林，成年式才算告終。

這一夜裡，他們依然不被允許說話，各自回到家裡後，只能壓抑住自己的情緒上床就寢，直到隔日陽光將地面染成一片鵝黃色之際，作為成年人踏出家門第一步。

＊＊＊

獸曆一三二年。

瑞爾舉著橡木酒杯，啜飲了一口啤酒，屁股下的木椅在他高大結實的身軀壓迫下顯得有點可憐。三年前泰米爾爺爺逝世後，為了方便珍薇姑姑工作，他們兩人一起搬到了白城居住。白城的家對瑞爾而言就只是與珍薇姑姑的會面所，從他加入白城的狩獵工會後，整天沉溺於在近郊森林裡追獵，接觸了形形色色的人之後，他終於尋覓到了一條道路來完成他在成年式時許下的心願。

二二八年的體之祭後，蘆葦草會內部出現了分歧，雖都以開墾獸域來拓展人類視野為目標，激進派在體之祭製造的殺戮仍讓當中不少成員不滿，最終決議與激進派切割，將其逐出蘆葦草會。憑藉著此舉，殘留下的成員成功反轉了蘆葦草會的名聲，吸收大量成員，最終成了獸史殿長老們的頭號問題。

「你加入了他們，不就是與殺害莉莉絲的人為伍？」妮娜曾問瑞爾。

「現在的成員跟那些激進派的不同，更何況加入他們更能獲得那些激進派成員的資訊，如果想為莉莉絲復仇，我相信這樣是對的。然後我想穿越那片叢林。」瑞爾回道。

成年之後的瑞爾無論是體能還是思想，都比自己的成長來得迅速，妮娜努力在後頭追趕始終難以趕上，她時常會想，如果當初莉莉絲是死在自己懷裡，自己是不是也會跟瑞爾一樣，懷抱著如此強大的執念去促使自己成長，她沒有答案，但她確信自己與瑞爾一樣想找到方法穿越菌絲叢林，於是乎也加入了蘆葦草會。

「喝完這杯，就走吧。」妮娜拍打了瑞爾的肩。

「妮娜？」瑞爾喊道。

「嗯？」妮娜狐疑著，望著瑞爾被酒精迷濛了的雙眸。

「你覺得怎麼樣的未來在等著我們？」晨間空腹便灌飲了三大杯啤酒的瑞爾似乎真的有點醉。

「如果現在知道了，還有什麼樂趣？」

「呵。」瑞爾起身，跟著妮娜的身影走出了屋門。

獸曆一三二年，距離獸靈大戰還有五年，

故事，還在持續中。

（下集待續）

後記

從小就熱愛魔戒系列電影，但其實我並沒有讀過托爾金的小說，空閒時間泰半都用來觀看電影與影集，說起來自己只能算是個影劇愛好者，

《蘆葦草之曲》是我首次嘗試奇幻風格的創作，自己能夠受到評審們青睞，甚至在秀威出版實體書籍，這些都是當初撰寫時沒有料想到的。

懷抱著對魔戒電影的憧憬，自己一直想架構出一個有如中土大陸的廣闊世界，那怕只有托爾金千分之一的程度也無妨，因為這是一種自我突破。

倚靠著一本小筆記本，捕捉腦中閃過的想法，在紙上簡繪了地圖、粗略地畫出每個村莊的服飾特色，再慢慢將這些素材轉換成文字，一點一滴構築了這個全新的架空大陸。

「獸與祭典」的篇章最後，少年瑞爾已經成長，但我的故事還沒講完，在未來的章節裡將繼續講述瑞爾與蘆葦草會的不解之緣，藏在菌絲叢林後頭的秘密也將揭開。卸下童稚，跟隨瑞爾的腳步踏進獸域，以全新的視角見證這片大地的真相。

最後，感謝讀者們，感謝你們願意花時間陪我一起在這塊奇幻大陸上漫遊探險，我也期盼自己未來能寫出更多讓你們喜愛的作品。

釀奇幻63　PG2667

蘆葦草之曲：獸與祭典

作　　者　四　流
責任編輯　喬齊安
圖文排版　阮郁甯
封面設計　王嵩賀

出版策劃　釀出版
製作發行　秀威資訊科技股份有限公司
114 台北市內湖區瑞光路76巷65號1樓
電話：+886-2-2796-3638　傳真：+886-2-2796-1377
服務信箱：service@showwe.com.tw
http://www.showwe.com.tw
郵政劃撥　19563868　戶名：秀威資訊科技股份有限公司
展售門市　國家書店【松江門市】
104 台北市中山區松江路209號1樓
電話：+886-2-2518-0207　傳真：+886-2-2518-0778
網路訂購　秀威網路書店：https://store.showwe.tw
國家網路書店：https://www.govbooks.com.tw
法律顧問　毛國樑　律師
總 經 銷　聯合發行股份有限公司
231新北市新店區寶橋路235巷6弄6號4F
電話：+886-2-2917-8022　傳真：+886-2-2915-6275

出版日期　2021年11月　BOD一版
定　　價　280元

讀者回函卡

Printed in Taiwan

國家圖書館出版品預行編目

蘆葦草之曲：獸與祭典/四流著. -- 一版. -- 臺北
市 : 釀出版, 2021.11
面；　公分. -- (釀奇幻 ; 63)
BOD版
ISBN 978-986-445-554-6(平裝)

863.57　　　　　　110017282